# Der Deutsche Spion

# Richard G. Hole

Der Deutsche Spion
Ein Roman aus dem Zweiten Weltkrieg


Richard G. Hole


Zweiter Weltkrieg

# ZUSAMMENFASSUNG

Er ging zu einem Schrank und klebte ihn an die rechte Wand. Ein hängender Anzug und ein Koffer erschienen vor seinen Augen. Er betastete den Anzug, ohne das Rascheln des Papiers zu hören, das er erwartet hatte. Er erinnerte sich sehr gut daran, dass sie ihm gesagt hatte, dass er einen Umschlag mit Anweisungen bei sich trug.

Er öffnete den Koffer, der völlig leer aussah.

Er biss die Zähne zusammen und grunzte einen Fluch. Er fing an, den Koffer zu befühlen, vergeblich. Es war sehr einfach und an einen Doppelboden war nicht zu denken. Das musste natürlich überprüft werden...

Aber in diesen Momenten war er wie gelähmt, fast geblendet von dem Licht, das viel intensiver war als das der Taschenlampe, die plötzlich in den Raum gefallen war. Dann hörte er, wie sich die Zimmertür leise schloss und eine Stimme sagte:

"Nicht bewegen. ich ziele auf dich...

RICHARD G. HOLE

# DER DEUTSCHE SPION

# 1

Der nordwestlich von Berlin gelegene Tegeler See, umgeben von grünen Wiesen und Wäldern, wirkte im Sommer 1942 ruhig und beschaulich.

Das ruhige und bläuliche Wasser, ruhig, fast unbeweglich, schien auch mit der besonderen Atmosphäre ausgestattet zu sein, die die Stadt Berlin umgab, wo alles darauf hinwies, dass der Krieg gewonnen war. Das Vertrauen der Bevölkerung war diesbezüglich fast absolut.

Die Oberfläche des Sees präsentierte die fröhlichen Farben, die kleine Segelboote, Sportboote und einige Schaluppen, die träge segeln, verleihen. Die Piers am Ufer des Sees waren überfüllt mit kleinen Booten mit weißen Segeln und mit Leuten, die mit ihren etwas schüchternen Gesprächen die Ruhe der Atmosphäre unterbrachen.

Eine Frau ging auf eine der Schaluppen zu, die an dem winzigen Dock festgemacht waren.

Eine Frau mit langen dunkelbraunen Haaren, groß, mit schmaler Taille und hoher Oberweite. Sie trug einen hellrosa Pullover und einen etwas dunkleren Rock; der Rock schmiegte sich, obwohl nicht provoziert, an ihre Hüften und betonte weiche, feste Formen. Sein Gesicht, etwas lang, mager, mit leicht hervortretenden Wangenknochen, hatte trotz der etwas harten Falte der rosa Lippen der Frau eine seltsame Anziehungskraft. Ein Paar blaue Augen, intelligent, ein wenig kalt, distanziert, trugen zu Gretel Hagens Persönlichkeit bei.

Gretel kletterte beiläufig die hellweißen Leitern der Schaluppe hinauf und betrat das Deck des Bootes. Sie hat selbst die Leiter an Bord gehoben. Dann sah er den Mann an, der mit dem Rücken am Mast des Leichtfahrzeugs lehnte.

Der Mann lächelte.

"Sollen wir einen Spaziergang machen, Gretel?"

„Es wird das Beste sein, oder?", murmelte die Frau.

"Natürlich. Es wird bald dunkel, und der Tegeler eignet sich nie besser für Vertraulichkeiten ... welcher Art auch immer.

„Ich verstehe“, lächelte Gretel.

Als Gretel lächelte, ihre Wangenknochen sich leicht hoben und ihre blauen Pupillen ihre Kühle verloren, schien sie auch ihrem Gesprächspartner näher zu kommen.

Der Mann schritt nach achtern und hielt die Rute. Er setzte sich auf einen Schemel in der Nähe des Decks und gab Gretel ein Zeichen, als die Schaluppe, die Segel im Wind gespannt, loslegte.

Da war alles selbstverständlich. Jeder, der diesem seltsamen Paar Aufmerksamkeit geschenkt hatte, hätte mit den Schultern gezuckt. Wir sagen das seltsame Paar, weil dieser Mann mindestens doppelt so alt war wie Gretel. Auch das war in Nazi-Deutschland üblich.

Gretel saß schweigend neben dem Mann. Sie ließ die Brise ihr Haar leicht zerzausen und holte tief Luft. Dieser Spaziergang am See wäre schließlich ein Beruhigungsmittel; eine kleine Flucht vor dem Stress, den sie etwa sechs Monate lang ertragen hatte. Es wäre eine Flucht, solange dieser Mann, Horst Anthelme, nichts anderes sagte.

Schließlich sah Gretel den Mann gelassen an und sagte:

„Es muss etwas Wichtiges sein, Horst.

Der Mann lächelte.

„Und gefährlich“, sagte er. Ich habe Ihre Akte studiert und habe den Mann, den wir brauchen.

"Wo ist es?", fragte Gretel.

„In Stockholm.

Gretel zog eine Augenbraue hoch und sah Anthelme an.

„Stockholm? Was macht einer unserer besten Männer in Stockholm? Schweden ist neutral", sagte er. Naja ... ich denke, es muss einer der besten sein, seit du ihn bemerkt hast.

"Das ist es tatsächlich", sagte Anthelme. Eine wütende Anti-Nazi, Gretel. Und nicht nur deshalb habe ich ihn ausgewählt; andere Faktoren haben eine Rolle gespielt. Zum Beispiel ist es genau in

Stockholm. Ich möchte klarstellen "er lächelte", was ihn gewählt hätte, selbst wenn er in Afrika wäre, verstehst du?

„Du hast volles Vertrauen zu ihm", murmelte Gretel. Wer ist es?

„Sein Name ist Max Kropelin.

Gretel schüttelte den Kopf.

„Ich kenne ihn nicht persönlich", sagte er.

"Nein? Nun, Sie werden ihn sehr bald kennenlernen.

Gretel verkrampfte sich leicht. Er betrachtete diesen Mann in den Fünfzigern, fast kahlköpfig, mit kurzsichtiger Brille, von schlanker Statur, aber dennoch ein Gefühl von Integrität, von einer gewissen geheimnisvollen Stärke.

„Meinen Sie, dass ich nach Stockholm muss?" erkundigte sich die junge Frau.

„Du hast es perfekt verstanden", sagte Anthelme bestimmt.

Gretel seufzte.

"Wann?", fragte er,

„Könnte es heute Nacht sein?

"Ich glaube schon.

„Meinst du?", fragte Anthelme, ohne die Frau anzusehen.

„Okay, heute Abend wird es soweit sein.

Anthelme nickte.

"Die Route wird Rostock-Kopenhagen-Stockholm sein", sagte er. Du wirst alleine gehen. Sie werden mit niemandem Kontakt haben, außer natürlich mit Max Kropelin. Es tut mir leid, Sie mobilisieren zu müssen, aber ich kann nicht zulassen, dass die Gestapo unsere Organisation durch einen Fehltritt zerstört. Jetzt werden wir stark, Gretel. Die Informationen, die wir an Max Kropelin weitergeben müssen, sind von unserer Anti-Nazi-Gruppe in Paris zu mir gekommen, was bedeutet, dass wir bald eine Gefahr für den Nationalsozialismus darstellen werden, außerdem müssen wir natürlich auch gegen die Feinde Deutschlands kämpfen. Wir kämpfen also an zwei Fronten.

„Das alles weiß ich, Horst", sagte das Mädchen. Worum geht es diesmal?

Anthelme lächelte wieder, die Gläser seiner Brille blitzten.

„Pass auf, Gretel. Ich nehme an, Sie verstehen die Gefahr, mit Dokumenten herumzulaufen. Daher müssen Sie alle meine Anweisungen Ihrem Gedächtnis anvertrauen ", sagte Anthelme.

„Ich weiß", murmelte Gretel.

Anthelme zündete sich mit ruhiger Hand eine Zigarette an und überließ Gretel die Ruder der Schaluppe, die schon fast in der Mitte des Sees stand, als in Berlin die ersten Lichter aufleuchteten, wie fremde Augen, Nyktalopen.

Um den See kreisten mehrere Schaluppen, von denen einige zum Westufer fuhren, um den kühlen Tegelorter Wald zu genießen.

Nachdem Horst Anthelme einige Augenblicke schweigend geraucht hatte, begann er zu sprechen, ohne von Gretel mehr als ein paar Mal unterbrochen zu werden. Fünfzehn Minuten später wiederholte die Frau Wort für Wort. Die Anweisungen von Anthelme, die leicht lächelnd nickte.

„Perfekt", sagte er dann.

„Aber einen Punkt gibt es noch zu klären", sagte Gretel. Soll ich heimlich gehen?

"Jawohl. Denken Sie daran, dass Sie, wenn Sie das Land verlassen möchten, vollständig auf der Gestapo-Liste stehen. Sie würden Ihnen Ihren Reisepass aushändigen, um Sie einer Überwachung zu unterziehen.

"Es ist wahr. Tatsächlich ist der legale Ausweg genauso gefährlich wie der heimliche. Ich bevorzuge letzteres", sagte Gretel.

„Denken Sie daran, dass das größte Risiko für Sie in Kopenhagen liegt. Es ist dort, wo Sie Ihre ganze List zeigen müssen. Wir wissen ganz genau, dass die Gestapo in den besetzten Ländern viel eifersüchtiger ist.

„Mach dir keine Sorgen um mich, Horst", erwiderte Gretel.

Kurzerhand verließ er die Bank neben Anthelme und ging vorwärts. Kurz darauf trug sie einen schwarzen Badeanzug, der perfekt zu den Teilen passte, die der Badeanzug verbergen sollte, und die weiche weiße Haut anderer Körperteile enthüllte.

Es gab ein leichtes Plätschern, und das Mädchen versank im Wasser des Sees, während Anthelme lächelnd das Rad im Kreis lenkte, damit der Wind die Schaluppe nicht wegwehte.

Er sah Gretel wieder auftauchen und verstand, was die junge Frau mit dieser Anstrengung des Schwimmens wollte: ihre Nerven zügeln, ihr Gehirn beruhigen. Es war sogar möglich, dass Gretel dachte, dass sie nie wieder in diesem See baden könnte.

* * *

Dieser Mann, der auf einem Nachttisch mit Blick auf das Meer saß, rauchte nervös. Immer wieder registrierte sein Gehirn die Worte auf einem kleinen Zettel, den jemand in der Nacht zuvor in seine Tasche gesteckt hatte.

Dieser Jemand konnte nur diese Frau sein, mit der er ein paar Worte auf Schwedisch gekreuzt hatte.

Max Kropelin erinnerte sich an alles perfekt. Nach einem zufälligen Treffen dieser Frau tranken sie zusammen einen Drink. Eine rätselhafte, schöne Frau, deren Temperament, vermutete Max, ganz anders war als das der verblichenen Schweden, die er liebte, da sich ein Mann nur zu bestimmten Zeiten langweilt.

Doch diese Frau bewies im letzten Moment, dass Max sich geirrt hatte: Sie ließ ihn kaum platt, wenn auch lächelnd. Und Frauen, die in gefährlichen Zeiten lächeln, haben tendenziell einen festen Charakter.

Max Kropelin hatte sie seufzend vom Nachttisch gehen sehen. Eine weitere Nacht allein.

Später fand er in seiner Mietwohnung vor der Stockholmer Werft den Zettel. Als erstes fiel Max auf, dass es auf Deutsch geschrieben war: "Ich komme einen morgen wieder." Die Frau sprach jedoch schwedisch.

Max hatte über die Sache nachgedacht und sich unwohl gefühlt, als ihm klar wurde, dass diese Frau seine wahre Nationalität entdeckt hatte. Und wahrscheinlich viele andere Dinge. Jedenfalls war die Vorstellung, dass die Schönheit nur ein mehr oder weniger zur Vorbereitung der Intimität bestimmtes Date versucht, das übrigens sehr angenehm sein muss, von Max bereits verworfen worden.

Deshalb wartete der Deutsche von gewöhnlicher Statur, aber kräftig, mit breiten Schultern und germanischem Kopf mit einer gewissen Ungeduld. Die Schönheit könnte eine Falle sein.

Selbst bei so tiefsitzenden Gedanken konnte Max nicht umhin, Gretel Hagen zu entdecken, die langsam und aufrecht auf den Tisch zuging, den Max auf dem Nachttisch besetzte.

Max lächelte, um sein Misstrauen zu verbergen, stand auf und grüßte mit einem angemessenen Nicken.

„Setz dich", sagte er dann.

Gretel gehorchte und nahm Max gegenüber Platz.

"Meine Nachricht wird Sie genervt haben", sagte Gretel direkt und starrte ihn an.

„Warum sollte er mich stören?" Max lächelte. Im Gegenteil, dieses Zitat ...

„Hör auf mit dem Herumalbern, Max Kropelin", schnitt die Frau mit gesenkter Stimme und lächelte, als hätte sie Max etwas Zärtlichkeit gesagt.

Max zuckte nicht zusammen.

„Du kennst auch meinen Namen", sagte er. Noch etwas?

„Unzählige Dinge" Gretel lächelte wieder, aber ihre Augen blieben etwas kalt, auf den des Mannes gerichtet.

„Warum wurde es letzte Nacht nicht entdeckt?", fragte Max.

„Einfache Vorsichtsmaßnahme. Ich wollte wissen, ob jemand neugierig auf mich gewesen sei, Kropelin", sagte Gretel. Und ich wollte herausfinden, welche Wirkung die Note hat. Den ganzen Tag bin ich in

Stockholm herumgelaufen, ohne zu bemerken, dass sie mir folgen. Das beruhigt mich, verstehst du?

"Natürlich. Wie auch immer, ich möchte lieber an einem sichereren Ort reden ... vorausgesetzt, Sie haben mir etwas zu sagen.

„Wozu habe ich dich wohl gerufen?", fragte Gretel trocken.

"Gut..." Max lächelte leicht. Zustimmen. Und es stimmt, dass mir der Zettel einiges Kopfzerbrechen bereitet hat, da er davon ausgegangen ist, dass Sie meine Identität entdeckt haben. Ich kam, um eine Falle zu fürchten.

„Nicht mehr?", erkundigte sich Gretel mit einiger Ironie.

"Wieso den? Jetzt sind wir zusammen, oder?

Gretel blinzelte. Er erinnerte sich, was Horst Anthelme ihm über den Mann erzählt hatte, gut vorbereitet auf alle Eventualitäten. Außerdem war Max keiner, der zurückschreckte. Nur ein stählernes Funkeln in seinen blaugrauen Pupillen zeigte, dass ihn nichts überrumpeln würde.

„Sollen wir an diesen sichereren Ort gehen?", fragte Gretel als Antwort.

"Zustimmen. Es wird bei mir zu Hause sein.

Gretel spitzte die Lippen, sehr dünn.

„Vielleicht jemand...", begann er schwach zu protestieren.

„Mach dir keine Sorgen", lächelte Max spöttisch. Es ist nicht das erste Mal, dass nachts eine Frau mein Haus betritt. Niemand wird darauf Rücksicht nehmen. Oder haben Sie vielleicht Angst?

„Du musst nicht zynisch sein, Kropelin", sagte Gretel. Ansonsten habe ich keine Angst. Es ist nicht das erste Mal, dass ich nachts ein Männerhaus betrete.

"Sehr gut. Wir wechseln das Thema, "knurrte Max, ein wenig abgewertet von Gretels Antwort." Lass uns gehen?

Als Bezahlung für sein Getränk ließ er eine Handvoll Kronen auf dem Tisch liegen. Er stand auf und stellte sich neben Gretel. Sie gingen beide die breite Ostergotland Avenue entlang, deren Scheinwerfer die Gärten beleuchteten, durch die viele Paare schlenderten.

Zwei Minuten später mischten sich Max und Gretel unter diese Paare.

# 2

In Hemdsärmeln blickte Max Kropelin am Fenster dieses Zimmers, das die Werften überblickte, auf die fernen rötlichen Lichter, die das Wasser der Ostsee zum Leuchten brachten, die so vielen Fischerkähnen entsprachen.

Auf der linken Seite können Sie einen Teil des Malar-Sees und einige der winzigen Inseln und Halbinseln sehen, auf denen Stockholm liegt, von einigen das Venedig des Nordens genannt.

Max Kropelin drehte sich zu Gretel um, die auf einem Sofa saß, und zündete sich eine Zigarette an.

»Horst Anthelme hat es geschickt«, sagte Max und stieß eine Rauchwolke aus. Warum du?

"Manche Dinge können eine Frau besser lösen als ein Mann", sagte Gretel. Zum Beispiel die Fahrt von Kopenhagen nach Malmö, in diesen Dampfern der Linie, ich habe sie in einer Männerkabine gemacht. Ich überzeugte ihn, dass er vor der dänischen Polizei davonlief, denn wenn ich ihn zur Gestapo ernannt hätte, hätte er vielleicht aufgehört, nett zu sein, schließlich wusste ich, wie man ihn in Schach hält,

Max lächelte schief. Er setzte sich neben Gretel.

„Jetzt fang an", sagte er.

„Einem unserer Agenten in Paris ist es gelungen, einen sowjetischen Spion der 'Gilbert Group' zu entdecken, einem Ableger der 'Roten Kapella'. Wir alle wissen, dass die Sowjets in Paris sich dafür einsetzen, Bewegungen unserer Truppen von West- nach Osteuropa zu kommunizieren. Es gab jedoch einen Informationsaustausch, weshalb unser Agent etwas Wichtiges entdeckte: In Stockholm gibt es ein Netzwerk, das sich der Sabotage widmet.

Max runzelte die Stirn.

"Was für eine Sabotage?" erkundigte er sich.

„Ich dachte, du hättest etwas entdeckt", sagte Gretel.

„Nun, er hat sich geirrt", knurrte Max. Ich bin nur ein Deserteur von der Armee; ein Mann, den die Gestapo sucht; und vor allem ein Anti-Nazi. Es stimmt, dass ich einige Missionen durchgeführt habe, aber sie wurden mir von den Informanten sehr gut enthüllt. Normalerweise widme ich mich nur der Kontrolle der wachsenden Gruppe von Anti-Nazis in Stockholm, in der Hoffnung, dass wir eines Tages stark genug sein werden, um Hitler zu stürzen. Das ist, ganz einfach, was ich hoffe,

Gretel biss sich auf die Unterlippe.

„Okay", sagte er. Ich fahre fort: Sie wissen, dass Deutschland schwedischen Stahl kauft; ein wesentliches Kriegsmaterial,

„Das weiß ich", antwortete Max.

"Mehrere der Schiffe haben Deutschland nicht erreicht", sagte Gretel. Das hat die Gestapo verschwiegen, weil sie einen Prestigeverlust in der Partei befürchtet.

"Ja..." - murmelte Max.

„Sogar einige dieser Schiffe sind hier, im Hafen von Stockholm, abgesprungen", fuhr Gretel fort. Es geht also darum, dieses sowjetische Netzwerk abzubauen. Der Stahl muss Deutschland erreichen; wir brauchen es, um den Krieg fortzusetzen. Ein Krieg, den Deutschland vielleicht gewinnen kann, aber niemals die NSD A P. Wenn wir ihn verlieren, werden wir mit einem humaneren inneren Regime die Spannungen mit den Alliierten mildern können.

Max nickte.

"Es ist klar", sagte er. Was wissen wir sonst noch über dieses Netzwerk?

"Ein Mann namens Pavel Yfremov verließ Paris, wahrscheinlich über Oslo, mit einem Umschlag mit Anweisungen", sagte Gretel. Es wurde beschlossen, Yfremov freizulassen, damit er von hier in Stockholm aus verfolgt und das gesamte Netzwerk entdeckt werden kann. Möglicherweise kommt Yfremov gleich an.

Max Kropelin verließ das Sofa und ging ein paar Schritte in das kleine Zimmer. Seine breite Stirn war gerunzelt, was auf die Anspannung seines Gehirns hindeutete. Gretel fand, dass er der Schulter, die sie am Abend zuvor auf dem Tisch gesehen hatte, sehr wenig ähnelte, ein etwas sorgloser Bursche, sehr beseelt von der Aussicht auf eine mögliche Eroberung und mit dem Aussehen eines schwedischen Arbeiters.

Max Kropelin sah jetzt aus wie ein Mann, bereit zum Kampf.

„Was weißt du sonst noch über diesen Yfremov?", fragte Max plötzlich und sah Gretel direkt an.

„Er ist ein Mann über vierzig Jahre alt; dunkles Haar; etwas Dickes, das aussah wie ein Kaufmann aus jedem Land, auch aus Deutschland.

Max lachte trocken.

"Perfekt. Die Russen wissen, wie man wählt, sagten ihre Männer. Glauben Sie, dass wir mit diesen Informationen eine hohe Erfolgswahrscheinlichkeit haben?

Gretel zuckte die Achseln.

»Horst sagte, Sie hätten es getan.

„Horst Anthelme überschätzt mich", knurrte Max. Wie auch immer, ich denke, es gibt keine Alternative, als nach Yfremov zu suchen. Es ist ein zu wertvolles Stück, als dass wir uns darüber streiten könnten. Sie sagen, Sie kommen gleich an?

"Jawohl.

„Besteht nicht die Möglichkeit, dass es angekommen ist?

"Natürlich gibt es eine Möglichkeit", sagte Gretel.

Kurzerhand kehrte Max Kropelin dieser Frau den Rücken zu und ging zum Telefon, das auf einem kleinen Tisch in der Ecke des Zimmers stand. Rasch, während er den Zigarettenrauch einsaugte, wählte er eine Nummer.

Er wartete einige Augenblicke ungeduldig. Als er bemerkte, dass sie auf der anderen Seite abholten, fragte er:

„Kurbjuhn?

„Mitte Kurbjuhn. Das andere Medium ist in Deutschland geblieben und hat „einer Stimme geantwortet." Wann kehren wir zurück, Max?

"Hör zu", knurrte Max und ignorierte diese Frage "; Wie wäre es mit einem Spaziergang zu meinem Haus?

"Jetzt?

„Warum nicht?", knurrte Max.

"Nun... Wie auch immer, ich wollte mit dir über etwas reden. max. Ich werde die Gelegenheit nutzen. Was hast du für ein Getränk?

„Ich trinke nicht", grummelte Max. Wissen Sie, das bleibt den Nazis überlassen.

Am anderen Ende des Threads war ein Kichern zu hören.

„Immer so bitter, Max", sagte Kurbjuhn.

„Zögern Sie nicht", sagte Max.

„Nicht auflegen!", schrie Kurbjuhn.

„Was passiert jetzt?", fragte Max.

„Vor ein paar Stunden ist ein Typ, der sich als Jean Maurvalier angemeldet hat, im Hotel Malnihöus angekommen, in dem ich arbeite; Französischer Name, wie Sie sehen können, Es ist daher ein potenzieller Feind. Ich habe versucht, Ihr Gepäck, einen einfachen Koffer, auf Ihr Zimmer zu tragen. Dieser war nicht sehr gut, und mit dem Ohr an der Tür hörte ich etwas Interessantes: Der Typ hat Algen gemurmelt, auf Russisch. Wie wäre es mit? Das Schlimme ist, dass meine Schicht vorbei war und ich nach Hause musste,

Max leckte sich die Lippen und warf Gretel einen Blick zu, die ihn ganz still und stumm beobachtete.

„Wie war dieser Mann Kurbjuhn?", fragte Max.

„Nun ... Es ist leicht zu beschreiben: klein, stämmig, mit dem Selbstbewusstsein eines reichen Kaufmanns, der das Reisen gewohnt ist. Er sieht etwas über vierzig Jahre alt aus", antwortete Kurbjuhn.

Max holte tief Luft.

„Perfekt", knurrte er. Ich warte in fünfzehn Minuten auf dich.

Er legte auf – und ging ein paar Schritte auf Gretel zu. Er starrte sie einige Sekunden schweigend an, ohne natürlich seine gut geschwungenen, sehr weißen Knie zu ignorieren.

"Wir haben vielleicht etwas erreicht", sagte er. Ein Glücksfall natürlich. Hoffen wir jedenfalls, dass Kurbjuhn ankommt.

Max setzte sich neben Gretel auf die Couch und schloss kurz die Augen. Ein Hauch eines Lächelns umspielte ihre Lippen. Er war mit einer schönen Frau zusammen, ja. Es stimmt, dass Frauen nur über Komplikationen berichten. Da gab es kein Liebesdate. Tatsächlich gab es nicht einmal eine Frau als solche; Gretel war die Verbündete. Außerdem hatte Max sich definitiv geirrt: Sie war ein echter Eisberg.

Es war sehr schwer, dieses weiße Gesicht zu sehen, dünn, aber attraktiv, exotisch, mit fast der Hälfte des Gesichts von dunklen Haaren verdeckt.

"Du kannst gehen, Gretel", sagte endlich Max. Oder hat sie ihre Mission nicht erfüllt?

Die Frau starrte Max an.

"Es stimmt nicht, dass der erste Eindruck gut ist", sagte er und verwirrte Max ein wenig.

„Was meinst du?" erkundigte sich der Deutsche.

„Zuerst hatte ich Angst, dass Horst sich in Bezug auf dich irrt. Jetzt kann er jedoch nur noch an seine Arbeit denken.

Max zuckte die Achseln.

"Ich weiß nicht, wie lächerlich ich mich machen würde, noch einmal zu versuchen, die Dinge auf einen ... intimeren Boden zu treiben", knurrte Max.

"Versuch es.

Max sah ihr in die Augen; Gretel blieb regungslos mit aufrechtem Rücken stehen und verlieh diesem Zimmer in Max Kropelins Junggesellenwohnung eine neue, andere Ausstrahlung; Es gab ihm einen Hauch von Rätsel, von Abenteuer, das es wert war, genossen zu werden.

Max trat näher an sie heran und legte der Frau die Hände auf die Schultern. Dann führte er seine Lippen zu Gretels. Die Reaktion der Frau, als sich ihre Lippen trafen, überraschte ihn überhaupt nicht. Er fühlte es vibrieren. Dann, als Gretels Hände sanft auf Max' Nacken ruhten, umschlossen seine langen, muskulösen Arme sanft ihren Rücken.

Es war ein langer, intensiver Kuss.

Als er Gretel freiließ, sagte Max:

„Das ist besser, Gretel. Du hast mich noch einmal verwirrt: das letzte Mal.

„Wir lernen uns ein bisschen besser kennen, Max. Ich dachte, es hat sich gelohnt", lächelte Gretel, als sie ihre Hand ausstreckte und die Stirn des Deutschen von einer blonden Haarsträhne befreite.

„Du könntest enttäuscht sein", murmelte Max.

Gretel sah Max in die Augen. Er sah Männlichkeit, Stärke, enthaltene Energie. Auch ein bisschen Bitterkeit.

„Nein", flüsterte Gretel.

„Unter unseren Umständen ist es leicht, sich zu irren. "Sagte Max." Jedenfalls hast du meine Frage nicht beantwortet. Sind Sie hier in Stockholm gelandet?

"Jawohl.

„Dann musst du nach Deutschland zurück", sagte Max.

„Nein, Max.

„Hast du Angst zurück zu gehen?", fragte der Deutsche.

"Es ist nicht das. Sagen wir, ich habe etwas gefunden, wonach ich gesucht habe "antwortet gelassen Gretel". Einer gewissen Selbstsucht kann man unter keinen Umständen helfen, Max. Von hier aus kann ich auch nach Deutschland nützlich sein ... mit weniger Risiko; Das muss ich nicht leugnen. Und Horst wird ohne mich zurechtkommen.

Max spürte eine leichte Leere in seinem Magen. Er wollte gerade antworten, als Gretels Lippen sich auf seine pressten. Sicherlich haben Frauen sehr überzeugende Mittel, um alles zu erreichen.

In diesen Momenten ertönte ein schwaches Klopfen an der Wohnungstür.

Max löste sich von Gretel und ging zu seiner Jacke hinüber, wobei er eine Pistole in der Hand hielt, die er aus einer Innentasche zog. Er ging zur Tür.

Er blieb ein wenig unschlüssig, da er ganz deutlich das schwere Atmen des Mannes wahrnahm, der darauf bestand, anzurufen.

Er beschloss, es endlich zu öffnen, trat beiseite und zog an der Holzklinge. Sie zuckte heftig zusammen, als der Mann, der dagegen lehnte, aufsprang, als die Tür aufglitt und sie fast sofort mit Blut füllte.

Max reagierte schnell und schloss die Tür. Dann lehnte er sich eifrig neben den Mann und wandte sein Gesicht. Er sah ein bleiches Gesicht, das vom Tod gezeichnet schien.

„Kurbjuhn", murmelte Max.

Der Mann öffnete den Mund, schaffte es aber nur einen Schluck Blut herauszulassen, der die Vorderseite seines Hemdes und seine dunkle Krawatte durchnässte. Kurbjuhns Augen verdrehten sich wild in ihren Höhlen und die Adern in seinem Hals traten hervor, vielleicht bemühte er sich, etwas zu sagen. Er tat es auf eine fast unverständliche Weise.

„Sie... sind mir gefolgt, Max...

„Die Gestapo?", fragte Max schnell, als er bemerkte, dass auf seiner Stirn winzige kalte Schweißtropfen entstanden.

"Nerd...

„Jean Maurvalier?

"Du ... ich vermute ... ja ...

„Bis hierher?", fragte Max.

Kurbjuhn schüttelte den Kopf und schnappte nach Luft. Er war schweißgebadet, und graue Haarsträhnen klebten an seiner Stirn, sehr kalt, marmoriert. Es schien, als wären seine Augen plötzlich in die Höhlen versunken.

„Ich glaube nicht... ich könnte... ich könnte sie abwerfen, Max...“, stammelte er.

„Mehr als einer?“, fragte Max.

Kurbjuhn nickte.

Dann schien sein Genick abrupt zu brechen, und der Kopf des Mannes hing schlaff, ohne Kraft, ohne jeglichen Mut, ihn zu stützen. Langsam senkte Max die Leiche auf den Boden und biss sich wütend auf die Unterlippe.

Wer war schuld an diesem Tod? War Kurbjuhn nicht immer ein ehrlicher, friedlicher Mensch gewesen, voller Menschlichkeit?

Als Gretel Max erreichte, sah sie, dass Max' Fäuste geballt waren; zuckendes Gesicht; die breite Stirn glitzerte vor Schweiß. Als Max Gretel ansah, wollte sie gerade zurückweichen, erschrocken über den Ausdruck in Max' blaugrauen Pupillen.

„Geh zurück in dein Hotel, Gretel“, sagte er trocken.

"Wie du willst, Max...

„Warte!“, knurrte Max. Das kannst du besser. Ich kann Kurbjuhns Leiche nicht auf unbestimmte Zeit hier lassen. Sie müssen ein Auto mieten und direkt vor dem Eingang dieses Gebäudes parken. Sie haben verstanden?

"Natürlich.

* * *

Das Gewicht der Leiche tragend, wartete Max auf Gretels Signal, dass er das Innere des Wagens, der nach Maxs Anweisungen geparkt war, perfekt sehen konnte. Als Gretel das Schild machte, bedeutete es, dass gerade niemand auf der Straße war.

Max, der Kraft schöpfte, rannte fast in Richtung des Autos, während die Frau die Tür zu den Rücksitzen öffnete. Dort, jedenfalls, und murmelnd ein „Es tut mir leid, Kurbjuhn“, deponierte Max die Leiche seines Begleiters. Dann, schnell, als der Motor des deutschen

Exportwagens schnarchte, stieg Max neben Gretel ins Auto und schlug die Tür zu.

Gretel, hinter dem Steuer, erkundigte sich:

„Und jetzt, Max?

„Suchen Sie nach einem einsamen Ort am Meer", erwiderte Max.

Das Auto startete mit guter Geschwindigkeit und fuhr östlich der Stadt, wo jeder Ort gut wäre, um eine Leiche verschwinden zu lassen.

"Wir können nicht riskieren, dass die schwedische Polizei ihn findet und Nachforschungen anstellt", erklärte Max. Wir laufen auch Gefahr, dass die Nachrichten zu Ohren gelangen, was selbst aus den Zeitungen bei den Gestapo-Agenten in Stockholm sehr einfach wäre. Das wäre so viel, als würde man sie unserer Anti-Nazi-Gruppe auf die Spur bringen.

"Es ist leicht zu verstehen", sagte Gretel.

Ein paar Minuten später stoppte das Mädchen das Auto neben einer einsamen Klippe. Max stieg aus und nahm Kurbjuhns Leiche. Er trug es bis zum Meer. Es würde schwierig sein, sich zu erholen, da es am einfachsten war, zwischen den Felsen zu bleiben. Auf jeden Fall würden sie lange brauchen, um es herauszufinden, da dies kein geeigneter Ort zum Schwimmen war; die Fischerkähne kamen nie in die Nähe der Felsen.

Max ging zum Auto zurück.

Er lehnte sich auf dem Sitz neben Gretel zurück, ohne ein Wort zu sagen. Die Frau nahm ohne vorherige Rücksprache die Adresse Stockholms an und beschloss, Max' Schweigen zu respektieren.

Der Deutsche zündete sich eine Zigarette an und rauchte mit leerem Blick.

»Kurbjuhn war es, der mir die Hand reichte, als ich nach meiner Desertion die Schweiz erreichte«, flüsterte Max schließlich. Er war damals dort und zusammen zogen wir nach Norden, um unsere Arbeit zu erledigen. Kurbjuhn sagte immer, er habe Deutschland verlassen und würde eines Tages zurückkehren. Noch einer, der es nicht schafft.

Gretel erkundigte sich, ohne den Mann anzusehen:

„Warum die Desertion der Wehrmacht, Max?

„Warum?", wiederholte Max mit einem seltsamen Lächeln. Es lässt sich in wenigen Worten erklären: Er konnte die Morde an der SS und den "Einsatzgruppen" nicht ertragen; sie zerstörten, was die Armee stehen ließ. Das heißt: Frauen und Kinder. Jeder Bauer war für sie die gefährlichste Guerilla. Ich habe Tausende von Menschen in wenigen Minuten massenhaft sterben sehen. Juden ... Na und? Ich weiß auch nicht, wie menschlich Dr. Becker ist. Ich beziehe mich auf einen SS-Kommandanten, einen Wissenschaftler, der die große Entdeckung der "S"-Lastwagen gemacht hat ...

Gretel schauderte bei dem trockenen, offensichtlich falschen Lachen von Max Kropelin.

"Die 'S'-Trucks ..." wiederholte Max. Ich kann es nie vergessen! Niemals! Es ist mehr als zehn Monate her, seit ich den letzten gesehen habe und ich habe es immer noch nicht geschafft, meine Augen zu schließen, ohne die Show zu sehen ... Die "S" -Trucks ...

Die "S"-Lastwagen waren geschlossene Fahrzeuge und so gebaut, dass beim Anlassen des Motors die Gase in die Kiste eindrangen und die Gefangenen innerhalb von zehn oder fünfzehn Minuten starben. Frauen und Kinder fuhren in dieser Klasse von Lastwagen, und diese Art des Todes wurde erdacht, um Massenexekutionen für die SS erträglicher zu machen, da viele von ihnen verheiratet waren, Kinder hatten und für den Tod Proteste erhoben wurden auf die "moralische Folter" der Erschießung von betrogenen Frauen und Kindern, die ihnen versicherten, sie würden in ein Konzentrationslager kommen. Wie man sieht, begünstigte die Idee nur die Henker, da sie auf diese Weise davon abgehalten wurden, ihre Waffen gegen wehrlose Gruppen zu stellen. Anschließend beschwerten sich einige Fahrer der "S"-Trucks,

„Tut mir leid, dass ich dir davon erzählt habe, Max", murmelte Gretel.

„Keine Sorge", sagte der Deutsche trocken. Außerdem kann ich es nicht vergessen, ich möchte auch nicht, dass das passiert. Zumindest solange Deutschland der NSDAP gehört. Wussten Sie, dass ich bei der Razzia in einem leerstehenden Männerhausblock in Rowno, im Krankenhaus, leicht verletzt war? Höchstens fünfzig oder sechzig Älteste. Ich habe gesehen, wie sie die Leichen ihrer Enkel schleppen ... Die konkrete Antwort auf den Grund meines Verlassens lautet: Ich will kein Monster sein, Gretel.

„Ich verstehe, Max", flüsterte das Mädchen und warf einen flüchtigen Blick auf den Mann, dessen Gesicht noch immer angespannt und verschwitzt war.

Max versuchte sich zu fassen und sagte:

„Zur Hotagenstraße, Gretel. Dort befindet sich das Hotel, in dem Kurbjuhn arbeitete.

Gretel stellte keine Fragen. Eigentlich hatte diese Reaktion von Max sie verdächtigt.

„Planst du dir etwas zu besorgen? –", fragte er nur.

„Jean Maurvalier bleibt dort; Ich vermute, es ist Yfremov selbst, und der Mord an Kurbjuhn ist ihm nicht fremd.

Sie sprachen nicht mehr; der Wagen rutschte die Alleen und Brücken hinunter, die die kleinen Inseln miteinander verbanden, in Richtung Hotagen Street, die sich in der Nähe des Nachttisches befand, wo Max und das Mädchen sich kennengelernt hatten und wo Max Kurbjuhn einige Male begegnet war.

Max hatte sich eine weitere Zigarette angezündet und fühlte sich ruhiger, als er sich dem Hotel näherte. Der Deutsche wusste genau, dass ein Nervenversagen ihn das Leben kosten konnte, und vielleicht noch etwas anderes, da er immer eines im Sinn hatte: Er kämpfte auch gegen die Gestapo. Mehr als einmal fragte sich Max, was sein schlimmster Feind war.

„Wir kommen, Gretel, mach jetzt langsamer", befahl Max, zwei Blocks vom Hotel entfernt.

Gretel gehorchte und zog den Wagen auf den Bürgersteig, einsam um diese Nachtzeit. Ein paar Lichter flackerten und ließen die dunkle Straße erstrahlen.

Das Mädchen sah Max an und fragte:

„Glaubst du, ich könnte dir helfen, Max?

„Du musst verschwinden", knurrte der Deutsche. Was ist, wenn sie mich auch eliminiert haben?

"Nun ... das sowjetische Netzwerk wäre noch intakt ...

"Solange dir was passiert, Gretel" unterbrach Max." Wenn ich falle, gibt es andere in Stockholm, Erinnere dich an diesen Namen: Oto Giessemann; und ihre Adresse: Lüdvika, 33. Und denken Sie auch daran, dass Sie auf sich selbst aufpassen müssen.

„Ja, Max.

Max wollte gerade das Auto verlassen, aber er blieb einen Moment stehen und sah auf Gretels Lippen, die ihr Gesicht nach vorne gerückt hatte und nach Maxs Blick suchte.

Der Deutsche beugte sich herunter und legte seine Lippen auf Gretels. Kurz darauf ging er wortlos in Richtung Hotel davon und ließ die Frau mit einem ernsten, heiteren Gesichtsausdruck, aber mit einer leichten Regung in der Brust zurück.

# 3

Max Kropelin betrat das Hotel. Das "Malnihöus" war zweitklassig, zurückhaltend, aber sauber und mit akzeptablem Service. Das Gebäude war drei Stockwerke hoch, massiv, reich verziert, alt.

Im Moment waren nur sehr wenige Leute in der Lobby und sie beachteten niemanden. Max ye ging auf die Rezeption zu, hinter der ein junger Mann mit blonden blonden Haaren stand,

»Platz für heute Nacht«, sagte Max.

Der Blonde warf einen diskreten Blick in Richtung Max' Wohnung, zweifellos auf der Suche nach dem Gepäck.

Max lächelnd, klargestellt:

„Ich habe kein Gepäck. Meine Unterkunft bezahle ich natürlich im Voraus.

Der junge Mann nickte und öffnete das Protokollbuch, das wie jedes andere Ausweisdokumente verlangte, Max rieb eine Karte, die Horst Anthelme selbst zur Verfügung gestellt hatte, auf der stand: Rhudy Carlsen, ab 32 Jahre, ab Malmö.

Die einzige Gewissheit dieser Daten war das Alter.

Während die Empfangsdame die Details in das Hauptbuch schrieb, ließ Max seinen durchdringenden Blick über die anderen im Band aufgezeichneten Namen gleiten und fand bald den von Jean Maurvalier. Zweiter Stock, Zimmer 27.

Kurz darauf war Max allein in Zimmer 38 im obersten Stockwerk.

Er zündete sich eine Zigarette an, ging zum breiten Fenster und spähte nach draußen. Er seufzte enttäuscht. Von dort aus wäre es unmöglich, die Wohnung von Maurvalier oder Yfremov zu erreichen. Daher sollten Sie eine viel direktere Methode verwenden: Stellen Sie sich durch die Tür des Raumes vor.

Er brauchte ein paar Minuten, um sich zu entscheiden, da er dachte, dass Maurvalier wahrscheinlich nicht in seinem Zimmer war. Vielleicht suchten sie noch nach Kurbjuhn. Dies könnte ihm natürlich die Arbeit erleichtern, da er das Gepäck des Russen gründlich durchsuchen konnte.

Er verließ sein Zimmer und stieg ohne das geringste Stolpern die Treppe hinab. Die Nummer 27, die an der Tür dieses Zimmers klebte, stand vor seinen Augen.

Max betastete die Pistole und wartete ein paar Sekunden, lauschte auf Schritte.

Kurz darauf manipulierte er schnell das Schloss. Als seine Stirn anfing zu schweißen, ertönte ein gedämpftes metallisches Geräusch. Max drückte die Klinge und betrat schnell den Raum. Er schloss die Tür und holte eine Taschenlampe aus der Tasche.

Ein kurzer Spaziergang im Lichtstrahl überzeugte ihn, dass der Raum leer war.

Er ging zu einem Schrank, der an der rechten Wand befestigt war, und schob die Tür auf. Ein hä

Er öffnete den Koffer, der völlig leer aussah.

Max biss die Zähne zusammen und grunzte einen Fluch. Er fing an, den Koffer zu befühlen, vergeblich. Es war sehr einfach und an einen Doppelboden war nicht zu denken. Das musste natürlich ü

In diesen Momenten war Max wie gelähmt, fast geblendet von dem Licht, das viel intensiver war als das der Taschenlampe, die plötzlich im Zimmer gezündet worden war. Dann hörte er, wie sich die Zimmertür leise schloss und eine Stimme:

"Nicht bewegen. Ich ziele auf dich.

Max stand still, angespannt, aufmerksam auf das Klicken, das sich ihm näherte. Eine Frau. Eine Frau mit einem seltsamen ausländischen Akzent und einer etwas heiseren, dicken, suggestiven Stimme, aber auch harsch.

Was haben Sie hier gesucht? Wer bist du?", fragte die Frau.

Max drehte sich mit einem Lächeln um. Ein erstaunter Blick sprang in seine Augen, als er die Frau sah.

Sie war groß, mit einem schwankenden Körper, eng an einem dunklen Kleid, obwohl es nicht so dunkel war wie ihr Haar, sehr schwarz, glänzend, sehr lang. Die ebenfalls schwarzen Augen der Frau waren schräg und leicht nach oben gerichtet, was den Eindruck erweckte, dass ein Teil der Frau asiatischer Abstammung war; Mongolisch vielleicht.

Sein Mund war rot, ein wenig groß; die Lippen waren jetzt angespannt.

"Nun..." begann Max. Mein Name ist Rhudy Carlsen, und ich wurde über Herrn Maurvaliers Portfolio informiert. Ich dachte, es lohnt sich, Taschengeld für einige Scheine auszuprobieren. Wir haben schlechte Zeiten, wissen Sie.

Die Frau war ungerührt; keine Geste; er hielt immer noch eine Pistole in der Hand.

„Du siehst nicht aus wie ein Hoteldieb, Carlsen", sagte er mit dieser tiefen, dicken Stimme.

„Danke, Madame", sagte er. Die Wahrheit ist, dass ich es nicht immer war. Aber im Angesicht des Hungers ...

"Den Mund halten!

Max zuckte die Achseln.

„Okay", grunzte er. Ruf die Polizei.

Die Frau blinzelte, was Max ein spöttisches Lachen entlockte.

„Oder sind Sie nicht am Eingreifen der Polizei interessiert? "Nachgefragt beim Deutsch-". Sie sind Russe, nicht wahr?

Die Frau schien unruhig; Er zeigte es durch das leichte Zucken seiner Pistolenhand und beantwortete Max' Frage nicht. Sagte nur:

„Ich werde es besser machen, als die Polizei zu rufen. Dreh dir den Rücken zu.

Max drehte sich langsam um; aber mit allen Sinnen angespannt, auf seine Chance wartend. Dies geschah, als die Frau zwei Schritte nach vorne machte und ihren bewaffneten Arm hob.

Max drehte sich heftig um, von einem Lächeln keine Spur mehr, und es gelang ihm, dem Schlag halb auszuweichen; Sie klemmte ihn sich in die Schulter, aber der sehr erträgliche Schmerz hinderte die Frau nicht daran, plötzlich den Mund weit zu ö

Der Deutsche ließ sie abrupt los und entriss ihr die Pistole. Die zweite Aktion von Max bestand darin, der Frau eine heftige Ohrfeige zu geben, und sie ging einige Schritte zurück, bis sie auf dem Bett stolperte.

Sie stand keuchend und wütend vor Max, der seine eigene Pistole gezogen hatte und auf die Frau zuging.

„Wo ist Yfremov?" fragte er trocken.

Die Frau, die sich beruhigte, sagte nur:

„Yfremow?

Max lächelte kalt. Er kam näher an die Russin heran und packte sie an den Haaren; Er zog sich zurück und zwang die Frau, ihr Gesicht hoch zu heben.

„Glaubst du, es würde mir etwas ausmachen, sie zu töten?", flüsterte Max. Sie wissen nicht, dass es bei der Art des Kampfes, die wir gewählt haben, keine Zugeständnisse gibt.

„Schieße", sagte die Frau lakonisch.

Max lachte.

"Nein. Zumindest nicht hier ", sagte er. Waren Sie der Link, der Yfremov erhalten sollte? Waren Sie es, der Kurbjuhn entdeckt hat?

"Jawohl.

Max nickte.

"Kurbjuhn ist tot", sagte er. Ich wusste es?

„Ich habe es mir vorgestellt. Ich sehe, Sie hatten Zeit, mit jemandem zu kommunizieren.

"Vielleicht etwas spät... für ihn natürlich", knurrte Max. Jedenfalls wissen wir, dass das Leben eines Mannes heute von sehr geringer Bedeutung ist. Eine Frau ist auch nicht mehr oder weniger wichtig.

"Ich kümmere mich um meine", sagte die Frau.

"Ich verstehe. Heißt das, sie ist bereit zu reden? -", fragte Max.

"Jawohl.

Der Deutsche seufzte.

"Perfekt. Machen Sie es sich bequem ", sagte sie und ließ ihre Haare los.

Die sehr gelassene Russin verstand, indem sie es sich bequem machte, sich so zu positionieren, dass Max ihre Knieform betrachten konnte, was den Deutschen kurzzeitig an Gretel erinnerte. Der Russe hatte Gretel natürlich nichts zu beneiden. Sie hatte auf dem Bett gesessen und die Beine übereinandergeschlagen, sodass Max ihr gegenüber der Schlafzimmertür den Rücken zukehrte. "Ich mache das nicht für Geld", begann die Frau. Ich konnte aus einem Konzentrationslager fliehen. Ich konnte weder nach Russland zurückkehren noch wagte ich, in Osteuropa zu bleiben. Meine Lösung war in einem neutralen Land: Schweden. Es hat lange gedauert, bis ich nach Stockholm kam", sagte sie und senkte den Kopf, als sei ihr etwas peinlich, zu dem sie gezwungen worden war.

Max zuckte nicht zusammen. Der Russe log offenkundig; davon war er vollkommen überzeugt. Diese Frau war eine professionelle Spionin,

„Los", sagte Max.

„-In Stockholm bekam ich Besuch von einem Mann, der mir vorschlug, in kleinen, bedeutungslosen Verbindungsmissionen zu handeln, aber das würde mir ein gewisses Leben ermöglichen und außerdem mit der Befriedigung derer, die wissen, dass es so ist." sinnvoll,

„Wer ist dieser Mann?", fragte Max.

"Ich weiß nicht. Sie haben mir nicht viel vertraut. Ich erhalte Aufträge an den unerwartetsten Orten und wenn ich anfange zu glauben, dass sie mich vergessen haben. Diesmal erhielt ich den Befehl, in diesem Hotel auf Yfremov zu warten und als Link zu dienen, um sie zu erreichen. Ich habe es gerade getan. Der Rest meiner Mission besteht darin, wie bei jeder anderen Gelegenheit darauf zu warten, dass ich aufgefordert werde, den Wohnsitz zu wechseln. Ich habe gehört, wie du das Schloss geknackt hast, und habe dummerweise eingegriffen. Das ist es, grob gesagt.

„Wie heißt du?", fragte Max.

„Sonia Yourskof.

„Wussten Sie auch nicht von Yfremovs Mission?

"Nein.

Max lachte.

"Schließlich; Glaubst du, ich habe ein einziges deiner Worte verschluckt?", fragte er, hörte auf zu lachen und näherte sich wütend Sonia." Zum Beispiel: Um Yfremov mit anderen in Kontakt zu bringen, was hat er getan?

Die Russin schürzte leicht die Lippen.

„Okay", sagte Max. Lass uns gehen.

"Wohin?

"Mit mir. Zu meinem Haus. Es ist viel diskreter als ein Hotel. Komm schon", knurrte Max.

Sonia gab ihre nutzlose Haltung auf und stand auf. Wortlos ging sie zur Schlafzimmertür, gefolgt von dem wütenden Deutschen.

Die Frau öffnete die Tür und ging in den Flur hinaus. Als Max dasselbe tun wollte, wurde er schmerzlich überrascht von einem Schlag aus dem Lauf einer Pistole auf die Finger seiner rechten Hand. Ihre Waffe prallte vom Boden ab und ein Fuß traf sie, was sie in den hinteren Teil des Raums schleuderte.

Dann, als Max immer noch nicht reagiert hatte, schlug eine Faust in seinen Bauch und zwang ihn, sich schmerzend und benommen vorzubeugen. Ein Schlag auf die Stirn warf ihn zurück.

In dichtem Nebel sah er den Mann, der, nachdem er das Zimmer betrat, die Tür schloss.

Beide wurden dort allein gelassen, während Sonia verschwunden war.

„Gestapo? "Der Typ murmelte,

"Nein.

"Oh ... einer von diesen unglücklichen Anti-Nazis", lächelte dieser Mann, rundlich, ein wenig kahlköpfig und fast gutmütig. " Ihnen fehlt es an Organisation oder, was gleichbedeutend ist, an Kraft. Wie haben Sie es geschafft, mich in Paris zu entdecken?

„Wir sind vielleicht nicht so schwach, wie du denkst, Yfremov", sagte Max, der sich von den Schlägen erholte.

„Wie auch immer, ihr kämpft für etwas, das ich hasse, verstehst du?", murmelte der Russe, sein Gesicht verengte sich, das eine ungeahnte Härte annahm.

„Das ist nicht wahr", knurrte Max. Der Kommunismus lebt von Typen wie dir. Es geht nicht um Hass, sondern um System.

Yfremov lachte wieder.

„Das werden wir jetzt nicht diskutieren", sagte er. Öffne das Fenster.

Max runzelte die Stirn. Er starrte auf die Pistole, die der sowjetische Agent in der Hand hielt. Sehr gut. Öffne das Fenster.

Als die kalte, feuchte Luft in den Raum strömte, holte Max tief Luft. Plötzlich erstarrte er, als er erkannte, was Yfremov vorhatte. Seine Poren öffneten sich und ließen dicke Schweißperlen herabtropfen, die am Körper des Deutschen zu gefrieren schienen.

"Springen", befahl der Russe trocken. Mit etwas Glück kann er gerettet werden.

Das war eine Chance von eins zu tausend, und Yfremov wusste es genau. Daher sein leicht ironischer Ton.

„Ist da unten noch jemand?", fragte Max, der verzweifelt Zeit suchte.

"Natürlich.

"Verstehen. Sie werden mich mit zwei Schüssen in den Nacken fertig machen und meinen Körper schnell verschwinden lassen", sagte Max.

„Du bist schlau", lächelte Yfremov. Springen?

Max holte tief Luft. Er berechnete schnell seine Chancen, aus dieser Situation herauszukommen. Den Salto auf die Straße schloss er sofort aus. Eine Kugel konnte jedoch, wenn es gelang, Yfremov zu beunruhigen, nur mild sein. Auf jeden Fall würde er kämpfen.

Der Deutsche spannte seine Muskeln an und beugte leicht die Beine. Ich würde springen, ja, aber ...

Entgegen seiner Erwartung feuerte Yfremov nicht. Es schien, dass der Russe diese Reaktion erwartete, da er schnell zur Seite trat, während er mit dem rechten Fuß gegen Max' Kinn schoss. Yfremov war jedoch überrascht von der Gewalt von Max, der es sogar schaffte, den Schlag abzuwehren und den Fuß des Russen mit beiden Händen zu fassen.

Max stieß ein stummes Lachen aus, das seinem Feind die Haare sträubte, der nicht anders konnte, als das Gleichgewicht zu verlieren und nach hinten zu fallen. Nachdem die Leiche auf dem Boden aufgeschlagen war, ertönte eine andere, leicht scharf, und es war Yfremovs Krone auf dem Boden, als Ergebnis eines wilden Schlags von Max auf die volle Nase.

Der Deutsche setzte sich auf und suchte auf dem Boden nach der Pistole. Als er jedoch seine Hand ausstreckte, waren seine Finger am Boden festgenagelt, zerquetscht vom Fuß des Russen, der sich zu erheben begann.

Max stieß mit zusammengebissenen Zähnen wütend in den Bauch des Russen, der ein heiseres Stöhnen ausstieß und auf die Seite fiel.

Es schien jedoch überraschend zu springen, Max, der nicht glauben konnte, dass dieser kleine Mann eine solche Energie zeigen konnte.

Als er sich daran erinnerte, dass es sich um einen sowjetischen Agenten handelte, hatte er bereits einen Schlag in die Brust und einen weiteren ins Kinn bekommen, was ihn zwang, zurück zum Fenster zu gehen und darin eingerahmt zu sein.

Yfremov sprang auf ihn zu, streckte beide Hände aus und packte den Deutschen am Hals.

Keuchen begann zu fließen. Schweiß rann in hellen Streifen über die Gesichter der beiden Männer. Max's begann eine violette Farbe zu zeigen, die an Ton zunahm.

Schließlich gelang es Max, sein rechtes Knie anzuheben und es in Yfremovs Unterleib zu treiben. Seine Hände schienen stärker zu werden, als wollte er den Schmerz lindern, indem er nach etwas griff. Natürlich war das Max' Hals, der den Schlag wild wiederholte,

Und er bemerkte sofort, dass er fast normal atmen konnte, als Yfremov den Druck an seiner Kehle abließ.

Ängstlich schnappte Max nach Luft und beugte sich fast in die Hocke, so dass sein Kopf gegen den Bauch des Russen gepresst wurde. Abrupt stand er auf und hob Yfremov hoch, der in einer Sekunde und auf Max' Bewegung mit den Armen ihn nach hinten schob, durch den Fensterrahmen ging und in die Leere stürzte.

Es gab einen blutrünstigen Schrei und Sekunden später einen dumpfen Schock, der Max zwang, kurz die Augen zu schließen. Er hatte sich flüchtig vorgestellt, dass er derjenige sein könnte, der auf die Straße ging.

Ohne auf die Straße zu schauen, rannte er zur Zimmertür, als draußen Gerüchte ertönten.

Mit der Pistole in der Hand suchte er einen Moment lang mit den Augen nach Sonia. Nutzlos. Sonia war verschwunden und er hatte dort nicht viel Zeit zu verschwenden.

Schnell erreichte er den dritten Stock und schlich sich in sein Zimmer. Ohne das Licht anzuschalten, blickte er durch das Fenster hinunter und sah einen seltsamen Anblick.

Zwei bewaffnete Männer waren auf Yfremov geeilt. Nach kurzem Zögern stürmte der eine auf die Leiche und rannte auf ein unweit der Hoteltür geparktes Auto zu, während der andere, ebenfalls zurückweichend, die ankommenden Personen und einen Angestellten mit seiner Pistole in Schach hielt. des Hotels, das vor der Tür aufgetaucht war.

Nur Sekunden später schnarchte ein Motor und das Auto raste mit beeindruckender Geschwindigkeit davon.

Max ballte wütend die Fäuste.

Und die verdammte Sonia?

Nun ... Es würde erscheinen. Das Wichtigste in diesen Momenten war, das Hotel ungestört zu verlassen. Die schwedische Polizei würde eintreffen und viel über die Gäste wissen wollen.

# 4

Am einfachsten ging es vom Dach des Hotels auf das des Nebengebäudes. Max stieg die Treppe hinab, erreichte die Straße und verschwand aus diesen Konturen.

Er ging schnell, aber nicht genug, um Aufmerksamkeit zu erregen, bis er eine Bar fand. Eine Minute später war er in der Telefonzelle und wartete auf eine Antwort auf seinen Anruf.

„Sag", ertönte eine Stimme.

„Ich warte bei mir zu Hause auf dich, Otto", knurrte Max. „ Geh gleich raus.

„Was ist los, Max?", fragte der andere.

„Die Erklärung ist etwas lang. Dies ist etwas Wichtiges; etwas, das sich wirklich lohnt.

„Gut, das freut mich. Es war an der Zeit, dass wir für mehr gut waren, als nur dumm herumzustöbern oder sich ständig aus der Gestapo zu schleichen. Ich gehe dorthin, Max.

Sie legten auf, Max ging auf die Straße und ich ging los und dachte wütend an sein Pech. Yfremov war ebenso wie Sonia verschwunden, was die Sache kompliziert machte oder zumindest den Moment verzögerte, ernsthaft gegen das sowjetische Sabotagenetzwerk vorzugehen.

Was den Briefumschlag betraf, war es schon dumm, darüber nachzudenken, da Yfremov es geschafft hatte, ihn seinen Gefährten zu übergeben.

Max durchquerte fast menschenleere Straßen, bis er die Werft erreichte, von der aus man die Fenster seines Hauses sehen konnte. Er hatte es eilig herauszufinden, ob die Männer, die Kurbjuhn verfolgten, es dorthin geschafft hatten oder ihn ganz aus den Augen verloren, wie es auf den ersten Blick schien.

Dann lächelte er leicht und erinnerte sich an die Eile, die die Russen unternommen hatten, um Yfremovs Leiche zu retten.

Tatsächlich enthielt diese Art von Kampf, taub, dunkel, alle möglichen Gefahren, angefangen damit, vor Angst verrückt zu werden.

Drei Minuten später stand Max vor seiner Tür. Er öffnete und machte das Licht an.

Sofort hörte er einen erleichterten Seufzer und sah den Mann mit der Waffe.

„Ich habe mir schon Sorgen gemacht, Max", knurrte Otto Giessemann. Ich dachte, du hättest mich von hier aus angerufen.

Ohne zu antworten, warf Max einen Blick den Flur entlang und ging dann in die Innenräume, um sich zu vergewissern, dass nichts angerührt worden war. Dies bedeutete, dass die Russen Kurbjuhn dort nicht folgen konnten, was eine Erleichterung war.

Als er im Wohnzimmer ankam, zündete sich Max eine Zigarette an und Otto explodierte:

„Aber was zum Teufel ist hier los?" erkundigte er sich.

Max starrte ihn an und knurrte:

Setz dich, Otto.

Giessemann gehorchte. Dies war ein großer, massiger Mann mit imposanten Muskeln und einem scharfen Verstand. Sein Kopf war fast quadratisch, blond; kurzes Haar, mit etwas vorzeitigem Ergrauen, da Otto ungefähr in Max' Alter war.

Max machte kurze Spaziergänge durch den Raum und erklärte, was passiert war, seit sie in dieser Nacht in Begleitung von Gretel in seinem Haus angekommen waren, und endete, als er den Wagen sah, der den kaputten Yfremov fliehen sah.

"Kurbjuhn...-" flüsterte Otto. Ich kann es nicht glauben, Max.

„Hör auf, herumzualbern", knurrte Max. Wie Sie sehen, haben wir die Möglichkeit verloren, früher fertig zu werden, da Yfremov gestorben ist, ohne dass ich ihn dazu bringen konnte, seine Zunge zu lösen. Daher haben wir nur einen Hinweis zu verfolgen und es wird nicht einfach: Sonia.

„Wir werden viel Zeit verschwenden", grummelte Otto. Anstelle dieser Leute würde ich Sonia in einer Vitrine aufbewahren, bis die Sabotage, die sie vorbereiten, durchgeführt ist.

„Du kannst mehr tun", sagte Max. Zum Beispiel: Finden Sie heraus, welche Schiffe mit einer Ladung Stahl nach Deutschland fahren, verstehen Sie? Wenn uns die Liste dieser Schiffe gehört, können wir wahrscheinlich verhindern, dass sie sabotiert werden. Natürlich müssen wir einige unserer Männer mobilisieren.

Otto nickte.

„Mit welchem System fliegen sie die Schiffe? Er erkundigte sich.

„Ich weiß es nicht!", knurrte Max.

Otto seufzte leicht und stand auf.

„Okay, Max. Heute Abend werden wir uns bewegen. Ich frage mich, ob das in Bezug auf den Krieg etwas bringen wird, ich meine, ob es dazu beiträgt, dass er früher endet ", sagte er.

"Wer weiß?

„Das ist das Schlimmste: die Ungewissheit", murmelte Otto. „ Ich würde alles geben, um morgen wiederkommen zu können. Ich habe auf meiner Farm sehr gut gelebt, wirklich. Wussten Sie, dass wir, bevor ich an die russische Front zog, eine schöne Polin, Max, als Dienstmädchen bekamen?

Max lächelte leicht.

„Du hast es oft erklärt, Otto", sagte er „; Sie hat die größten Augen, die Sie je gesehen haben, und sie ist stark, süß und unterwürfig. Du würdest sie mit geschlossenen Augen heiraten und deinem Bruder geschworen, ihn zu töten, wenn ihr etwas zustoßen würde.

Ottos Augen, sehr klar, blitzten.

„Das stimmt", knurrte er. Ich werde dem Mädchen zurückgeben, was sie verloren hat. Ich mag keine Sklaverei, Max.

Max biss die Kiefer zusammen.

„Okay", sagte er. Wir kommen eines Tages wieder, Otto. In der Zwischenzeit müssen wir weiter kämpfen. Dies ist eine gute

Gelegenheit, die Anti-Nazis im Verborgenen davon zu überzeugen, dass wir etwas tun können, solange wir uns zusammenschließen.

„Damit meinst du, hier raus und an die Arbeit, oder?" knurrte Otto.

"Genau.

Die beiden Männer gingen in Richtung Wohnungstür. Sie blieben plötzlich stehen und hörten Schritte, die sich der Tür näherten,

Max' Reaktion war sofort. Er winkte Otto sich zu verstecken und machte das Licht aus, als es an der Tür schüchtern klopfte.

Max lächelte seltsam und öffnete mit der Pistole in der rechten Hand die Tür und trat zur Seite.

„Gretel...", murmelte er erstaunt.

Die Frau schien erleichtert, Max zu sehen.

„Ich dachte, dir wäre etwas zugestoßen, Max", sagte er und durchdrang den Boden. Ich war im "Malnihöus", bevor ich mich entschieden habe, hierher zu kommen.

Max runzelte die Stirn,

„Nun?" erkundigte er sich.

„Ich habe etwas Wichtiges entdeckt.

"Zustimmen. Wir werden reden.

Otto war wieder aufgetaucht und Max stellte sich kurz vor. Die drei kehrten ins Wohnzimmer zurück.

Gretel nahm das Sofa und Otto setzte sich auf einen Stuhl. Max nahm seine bevorzugte Position ein, mit dem Gesicht. Fenster.

„Ich habe dich nicht allein gelassen, Max", begann Gretel. Ich rückte das Auto ein wenig weiter vor und näherte mich dem Hotel. Ich dachte, es wäre eine sinnlose Zeitverschwendung, dort auf Sie zu warten, als ein Auto ankam und eine Frau auf dem Weg zum Hotel ausstieg. Vielleicht war es eine Ahnung, aber ich beschloss, weiter zu warten und die anderen drei Insassen des Fahrzeugs zu beobachten, die nach zehn Minuten anfingen, Ungeduld zu zeigen. Ein Mann ist herabgestiegen... War es Yfremov?" erkundigte sich Gretel.

Max holte tief Luft.

"Es war Yfremov", sagte er.

„Ja", grinste Gretel. Kurz darauf wurde derselbe Mann aus einem Fenster geworfen und ich war überrascht von der Haltung der anderen, die eilten, um die Leiche zu holen und von dort verschwanden. Ein paar Minuten zuvor war diese Frau wieder aufgetaucht und ins Auto gestiegen. Als es anfing, habe ich meine angefangen.

„Perfekt", murmelte Max. „ Sind Sie ihnen gefolgt?

"Jawohl. Selbst ein Haus am Ortsrand, ganz in der Nähe des Meeres "sagte Gretel", sagte ich mir, dass es am besten wäre, es Sie wissen zu lassen. Als ich Sie im Hotel nicht finden konnte, begann ich nach einigen sehr diskreten Fragen über die Möglichkeit nachzudenken, dass Ihnen etwas zugestoßen war.

Max lächelte und sah Otto an,

„Wir haben Glück gehabt", sagte er. Mal sehen, Gretel- War da jemand in dem Haus?

"Ich weiß nicht. Ich hielt es nicht für klug, zu nahe zu kommen, es gab sowieso kein Licht.

„Das hat nichts zu bedeuten", knurrte Max. Das wirklich Wichtige ist daher, diese Gelegenheit zur Eliminierung dieser sowjetischen Gruppe nicht zu verpassen. In diesen Momenten könnten wir erfolgreich sein, Sie ahnen nicht, dass sie verfolgt wurden.

„Denkst du daran, dorthin zu gehen?" erkundigte sich Otto.

"So einfach ist das,

„Wir allein?" erkundigte sich Otto.

„Ich glaube nicht, dass es mehr als drei sind", antwortete Max. „Andererseits haben wir die Überraschung zu unseren Gunsten. Gehen.

Ein paar Minuten später saßen sie in dem Auto, das Gretel gemietet hatte. Sie setzte sich ans Steuer und Max neben ihr. Otto ließ sich auf den Rücksitzen nieder.

Das Auto sprang an und sie fuhren die ersten Minuten schweigend durch. Gretel schnitt es ab.

„Seltsam, Max", murmelte er. „Als ich dich im Hotel aus den Augen verlor, fing ich an zu fühlen, dass etwas fehlt und ich hatte Angst, glaubst du mir?

Max sah sie an; Er konnte nur die Umrisse des exotischen Gesichts der Frau erkennen, die gesprochen hatte, ohne Max anzusehen und auf den Asphalt starrte. Er bemerkte Gretels dünne Lippen, ihre langen Wimpern.

„Warum nicht?", grübelte Max. Sie erwarten immer, dass so etwas passiert. Als er ankommt, ist er überrascht. Wir sind etwas demoralisiert, Gretel, und wir klammern uns an alles, was uns in die Realität des Lebens zurückbringen kann. Eines dieser Dinge ist Liebe.

"Liebe ...", flüsterte Gretel.

Otto hörte von hinten dieses Flüstern und schauderte. Er erinnerte sich an die Polin mit den großen Augen und dem süßen Blick. Verdammter Krieg! Er liebte sie und musste von ihr weg sein. Zumindest hatte Max mehr Glück, da Gretel da war. Viele Dinge verlieren an Bedeutung, wenn es um etwas so Intensives wie eine neugeborene Liebe geht.

Auch Ottos Liebe zum polnischen Sklaven war neu geboren und quälend.

Er erinnerte sich sehr gut an den Tag, an dem die SS ihn seinem Hof, dem Hof Giessemann, alle im Besitz der NSDAP, einschließlich Otto, verlieh, bis er seine ersten Waffen an der russischen Grenze herstellte. Dort begann er, den Krieg, die SS und sogar sich selbst zu entsetzen. Von dort gelang ihm die Flucht. Eines Tages, wenn das Exil zu lange dauerte, würde er nach Deutschland gehen, um den Polen zu finden.

"Es ist Licht im Haus", sagte das Mädchen. Es ist das zweite auf der linken Seite der Straße.

Max hat schnell die Entfernung berechnet und bestellt:

Mach langsam, Gretel. Den Rest können wir sehr gut zu Fuß zurücklegen.

Das Auto verließ die Straße, ins freie Feld, hinter einer Baumgruppe.

***

Eine starke Taschenlampe beleuchtete diese seltsame Höhle. Zwei Männer, schweigend, angespannt, ohne dass ihre Gesichter irgendetwas ausdrückten, zogen sich um, ohne sich um die Anwesenheit einer Frau zu kümmern, einer schönen Russin, die die Laterne hielt.

Innerhalb von Minuten wurden diese Männer in ihre dunklen Gummianzüge gepfercht, ihre Hände entblößt und ihre Gesichter verschmiert.

In der Höhle, in die Enge getrieben, lag ein Schlauchboot, das gerade genug Platz für zwei Personen bot. In einer anderen Ecke stand eine Holzkiste voller seltsamer Artefakte. Es gab auch ein kleines Arsenal, bestehend aus Maschinenpistolen und Handgranaten.

"Fertig, Sonia" ertönte eine Stimme.

Die Frau ging ein paar Schritte in den Tunnel, während einer dieser Männer das Boot nahm und der andere einige der Artefakte, die sich in der Holzkiste befanden.

Sie folgten Sonia, die den Lichtstrahl auf die feuchte Erde des Tunnels projizierte.

Kurz darauf erreichten sie den Grund des Tunnels, und zwischen den beiden Männern, nachdem sie ihre Artefakte kurz auf den Boden gelegt hatten, drehten sie einen Stein, gerade so viel, dass ihre Körper durch die Öffnung gleiten konnten.

Nach beträchtlicher Anstrengung von beiden bewegte sich der Felsen und die Höhle kam sofort, die kühle und feuchte Brise vom Meer und der unverwechselbare Geruch von Salpeter.

Sie konnten das Geräusch der Wellen hören, die gegen die Klippe krachten und einige Partikel des versprühten Wassers drangen durch dieses Loch.

Einer dieser Männer ließ das Boot los, das sofort anschwoll und zwischen einigen Felsen zum Liegen kam. Dann stieg einer der Burschen hinab, holte ihn und streckte die Hand aus, um die Artefakte, die sich aus der Öffnung herausragten, bequem zu positionieren.

Kurz darauf bewegte sich das Boot mit den beiden Männern und ihrer Sprengladung lautlos in die Gewässer der Ostsee.

Zuvor hatten sie das Loch von außen mit einem dafür vorbereiteten schweren Stein verstopft.

Sonia, ruhig, erleuchtet für die Rückkehr, entfernt sich von dort.

Er kam zu einer groben, schmutzigen Treppe und stieg hinauf. Mit beiden Armen drückend, hob er eine Falle mit einem Teppich und machte das Licht in diesem Raum an.

Er ging zum Telefon, das an der Wand hing, ein paar Schritte vom Fenster dieses Zimmers entfernt, das auf das Meer blickte, dunkel, verstörend.

Er nahm das Gerät und wählte eine Nummer. Als sie den Anruf entgegennahmen, sagte Sonia:

"Bereit.

„Bis wann?" fragte eine Stimme.

"Ding von einer halben Stunde; vielleicht weniger", sagte Sonia. Du kannst?

Es gab ein heiseres Lachen, etwas sarkastisch,

„Wie auch immer", sagte diese Stimme dann. Was ist mit diesem Yfremov passiert?

"Tot", antwortete Sonia.

„Wird das irgendetwas beeinflussen?

"Das glaub ich nicht. Im Moment kenne ich nur mich von einem Anti-Nazi-Agenten", antwortete Sonia. Wie auch immer, wir werden danach Arbeit haben, verstehst du? Es könnte gefährlich sein, diesen Agenten durchsuchen zu lassen.

"Schon. Wir werden ihn vorwegnehmen, oder?

"Wenn möglich.

"Es muss sein. Es muss getan werden. Du weißt es schon, Sonja. Wir machen einen tollen Job und müssen nicht kampflos aufgeben.

Sonia spitzte die Lippen.

„Ich mag deinen Sarkasmus nicht", sagte er durch die Zähne. Es stimmt: Es muss getan werden. Du hast es schon einmal gesagt: was auch immer. Verstanden? Und diese Position werden wir natürlich nicht kampflos aufgeben. Es hat zu lange gedauert, hierher zu kommen.

"Ich weiß, ich weiß...

„Ich mag deine Gleichgültigkeit nicht", sagte Sonia.

Ein spöttisches Lachen ertönte.

„Hast du Angst, dass ich die Gruppe verrate?", fragte der Mann auf der anderen Seite des Fadens.

„Nun ... ich möchte Sie nur an etwas erinnern: Die Nazis drängen uns in einem Tempo nach Russland, dass mich nichts überraschen würde, was sie vor die Tore Moskaus stellen würde. Wissen Sie, was das darstellen würde? Und wissen Sie, was ihr Fortschritt bedeutet? Hunderttausende unserer Leute sterben und ihre Todeslager füllen sich mit Leichen von Russen. Was sagst du dazu?

"Irgendein. Wusste schon. Wir können diesen Vormarsch nicht aufhalten, aber vielleicht wird es das amerikanische Material. Es erreicht Tausende von Tonnen.

„Ich traue uns lieber selbst", grummelte Sonia. Verweilen Sie nicht mehr.

"Es ist okay. Was wirst du machen?

„Ruhe dich aus", murmelte Sonia, eine Grimasse der Erschöpfung erschien auf ihrem Gesicht. Zumindest bis sie zurückkehren; es wird lange dauern.

"Schon. Wiedersehen.

Sie legten auf und Sonia ging zu einer Kiste auf einem Tisch, aus der sie eine Zigarette holte. Sie zündete es an und rauchte einen Moment nachdenklich, ihre klare weiße Stirn von einer senkrechten Falte gekreuzt.

Endlich ging er langsam in sein Zimmer. Sie lag bekleidet auf dem Bett, ihre Augen weit und dunkel. Nur die Glut der Zigarette glühte von Zeit zu Zeit.

In Gedanken zeichnete er die Route des Schlauchbootes in Richtung Stadthafen aus. Es war ein offensichtlicher Vorteil, an einem neutralen Punkt zu arbeiten.

Kurz darauf suchte er den Aschenbecher und drückte die Zigarettenkippe aus. Er schloss die Augen und dachte, dass er vielleicht schlafen könnte.

# 5

Sonia öffnete plötzlich erschrocken die Augen. Er spitzte die Ohren und bemerkte ganz deutlich das Geräusch, das jemand macht, wenn er mit einem falschen Schlüssel an einem Schloss knackt.

Er sprang aus dem Bett, blieb einen Moment regungslos stehen und biss sich auf die Lippe.

Es gab nur eine Lösung: Die Tatsache, dass draußen jemand versuchte, das Haus zu betreten, bedeutete nichts Gutes.

Sonia verließ ihr Zimmer und schlüpfte im Dunkeln lautlos in die Richtung, in der sich die Falle befand, die zum Tunnel führte. Verwirrte Ideen drängten sich in sein Gehirn. Wie war das passiert? Wer hätte sie entdeckt?

Wütend öffnete sie die Falle und legte den Teppich so hin, dass er beim Absenken des Holzes ganz flach auf dem Boden lag und die Falle versteckte. Dies geschah in dem Moment, als es ein metallisches Klicken gab, das anzeigte, dass das Schloss nachgegeben hatte.

Mit der Taschenlampe in der Hand rannte er zum Grund des Tunnels. Dort waren automatische Waffen, oder er konnte auf jeden Fall versuchen, durch das Loch zu fliehen.

Die Frau, deren Stirn von Schweißperlen bedeckt war, nahm eine Maschinenpistole und stellte sich mit dem Rücken zur Öffnung, um zu sehen, ob dies zu einem bestimmten Zeitpunkt ihr Fluchtpunkt sein könnte.

Der Schweiß stieg ihm auf, als er merkte, dass diese Anstrengung völlig nutzlos war. Der draußen platzierte Stein, der das Loch verstopfte, hatte sich überhaupt nicht bewegt.

Er erinnerte sich sehr gut daran, dass die beiden Männer, die kurz zuvor abgereist waren, zu einer harten gemeinsamen Anstrengung griffen, um sich zu bewegen.

Er schloss für einen Moment die Augen und sagte sich, er solle sich beruhigen. Immerhin hatte man sie noch nicht entdeckt, und sie hatte eine Maschinenpistole in der Hand.

Er schaltete die Taschenlampe aus und blieb regungslos in einer Ecke stehen, die Augen im Dunkeln weit aufgerissen.

Ein seltsames Lächeln umspielte seine Lippen und dachte, dass ein überraschender Zeitsprung ihm viel Ärger ersparen könnte.

***

Die Tür gab nach, und Max Kropelin trat ein. Otto und Gretel folgten, jeder mit Pistolen und allen Sinnen angespannt.

„Vielleicht gibt es eine Überraschung", flüsterte Max. „Da muss doch jemand sein, denn das Licht hat sich nicht von selbst ausgemacht. Und niemand hat das Haus danach verlassen.

Sie warteten einige Momente, um sich an die Dunkelheit zu gewöhnen und sich ein Bild von der Aufteilung des Hauses zu machen.

Ein schwacher weiblicher Duft stieg Max in die Nase, und er warf einen Blick auf eine halboffene Tür im hinteren Teil des Hauses. Er lächelte leicht und erinnerte sich sehr gut daran, wie Sonia roch, als sie in das "Malnihöus" stolperten.

„Decke die anderen Türen ab, Otto", murmelte Max. Du gehst nicht von hier weg, Gretel.

Ohne auf eine Antwort zu warten, ging Max auf Sonias Zimmer zu, ohne seine Taschenlampe zu benutzen. Das kam mir eigentlich schon seltsam vor, da laut Gretels Aussage mindestens zwei Männer in diesem Haus waren und Sonia bei offener Tür schlief. Dies war für Max etwas schwer zu assimilieren, also war er äußerst vorsichtig und bat Otto im Geiste, dasselbe zu tun.

Als sie die Tür des Zimmers erreichten, verstärkte sich der Duft des Russen.

Max holte tief Luft und sprang lautlos ins Zimmer.

Es gab keine Bewegung im Zimmer und Max, enttäuscht, das leere Bett jetzt deutlich genug zu sehen, grunzte vor Wut.

Wie war das möglich?

Er ging schnell seine Schritte zurück und wandte sich an Otto.

„Wir werden die anderen Räume untersuchen", sagte er. Es würde mich nicht wundern, wenn das Haus einen anderen Ausweg hätte und wir irgendwie entdeckt würden.

In zwei Minuten untersuchten sie die drei Räume, aus denen sich dieses moderne Gebäude zusammensetzte, das wahrscheinlich von einem Wahnsinnigen oder einem Kapriolen erbaut wurde, fast direkt am Rand einer gefährlichen Klippe und von geringer Panoramaschönheit. Es schien sogar, dass das Haus nicht ganz fertig war oder es viele Baumängel gab.

„Otto.

"Dass?

„Für mich riecht etwas stark", knurrte Max.

"Welche Sache?

„Dieses Haus wurde von den Russen hastig gebaut, natürlich mit der Erlaubnis, als Hauptquartier für ihre Sabotageaktionen verwendet zu werden.

„Du magst Recht haben", grummelte Otto. Das bedeutet, dass es etwas mehr geben muss als das, was wir sehen, oder?

"Das sicherste.

"Zustimmen. Wir werden suchen", sagte Otto.

Max war einen Moment nachdenklich; Dann sagte er:

„Während du nach dem Ausgang suchst, den es geben muss, werde ich Sonias Zimmer durchsuchen, vielleicht finden wir etwas Interessantes; Die Tatsache, dass sie von hier verschwunden sind, bedeutet nicht unbedingt, dass sie uns entdeckt haben. Sie können etwas tun.

„Gut, Max.

Während Otto begann, die Räume zu durchsuchen und sorgfältig zu untersuchen, machten sich Max und Gretel auf den Weg zu Sonias Zimmer.

Max holte die Taschenlampe aus einer Jackentasche und richtete den Lichtstrahl in kreisenden Bewegungen durch den Raum, wobei er an den kargen Möbeln, bestehend aus Bett, Stuhl, Nachttisch und winziger Kommode, feststellte, dass er es nicht hatte irrte sich und dachte, dieses Haus sei eine Notunterkunft.

»Schau in die Kommode, Gretel«, sagte Max, als er zum Nachttisch ging.

Gretel brauchte nicht einmal eine einzige Schrankschublade zu öffnen. Ausgerufen:

„Max!

Die Deutsche drehte sich schnell um und ging zu Gretel, die in der rechten Hand einen Umschlag hielt. Max nahm es und seufzte, als er die Inschrift auf dem Umschlag sah; auf Russisch: «Shoversenno sekretno»

„Gut...", murmelte er. Ich nehme an, dass ich mich nicht irre: Dies ist der Umschlag mit Anweisungen, den Yfremov bei sich trug.

Gretel biss sich nachdenklich auf die Unterlippe, als Max die Taschenlampe auf die Kommode richtete, um den Umschlag zu öffnen.

Er riss ein Ende ab und zog den Inhalt heraus,

„Verdammt!", murmelte er enttäuscht. Was zur Hölle bedeutet das?

Der Umschlag enthielt eine Reihe von Papieren... leer. Bloße weiße Blätter, ohne eine einzige geschriebene Zeile, sagte Gretel:

"Vielleicht ist es mit schöner Tinte geschrieben, Max, 'daran hatte ich nicht gedacht', knurrte der Deutsche." Jedenfalls fange ich an zu misstrauen, dass es so ist. Ich kann mir nicht vorstellen, dass Sonia diesen Umschlag auf der Kommode vergessen hat, verstehst du? Außerdem lässt mich das viele andere Dinge vermuten. Zum Beispiel: Yfremov kannte die Anweisungen auswendig und reiste mit diesem

Umschlag, der ihm das Leben retten könnte, wenn ein Feind, die Gestapo oder wir, sich für ihn entscheiden, verstehen Sie?

"Jawohl. Der Umschlag war ein Haken, der, wenn er verschwand, als Yfremov ihn trug, ihn vor seiner Entdeckung gewarnt und damit die zum Verschwinden bestimmten Vorkehrungen getroffen hätte.

"Ich denke schon", grummelte Max- ". Daher wissen wir jetzt positiv, dass Yfremov die Anweisungen für die anstehende Sabotage mündlich mitgeteilt hat. Und die Tatsache, dass dieses Haus leer ist, bedeutet höchstwahrscheinlich, dass die Dinge im Gange sind ...

Max war blass geworden und seine Stirn begann zu glühen.

„Wir müssen etwas tun", fuhr er fort, ballte die Fäuste, zerknüllte den Umschlag, den er dann wütend zu Boden warf.

Er wollte gerade das Zimmer verlassen, aber Gretel hielt ihn auf.

"Max.

Der Deutsche sah der Frau in die Augen. Inzwischen hatten Gretels Schüler diese kalte Distanz verloren. Im trüben Licht nahm sein Gesicht, das unter hohen Wangenknochen lag, einen anderen, jugendlicheren Ausdruck an.

Max wartete darauf, dass Gretel sprach.

"Es ist nicht ausgeschlossen, dass sie uns entdeckt haben, Max", sagte Gretel

"Richtig, es ist nicht unmöglich", antwortete Max. Und gut?

„In diesem Fall wäre es nicht unvernünftig anzunehmen, dass wir eingerichtet wurden; die in einer Falle auf uns warten.

dachte Max wütend.

„Du musst es sowieso herausfinden", knurrte er. Aus Angst vor einer möglichen Falle werden wir diese Gelegenheit nicht verpassen.

Gretels Büste straffte in einer stillen Eingebung die Kleider des Kleides.

Er protestierte überhaupt nicht. Sagte nur:

„Ich denke, du wirst es trotzdem tun.

Max lächelte und streckte seine rechte Hand aus, streichelte die linke Wange der Frau, deren Haut vibrierte.

„Du bist klug, Gretel. Horst ist offensichtlich ein Mann, der seine Verbündeten zu wählen weiß. Vielleicht macht er sich Sorgen über deine Verspätung. Gretel lächelte und sagte:

„Sie müssen ahnen, was mit mir passiert. Er hat sehr darauf bestanden, dass Sie ein außergewöhnlicher Mann sind, Max.

Eine bittere Grimasse verzog die Lippen des jungen Mannes. Schüttelte den Kopf,

"Armer Horst...', flüsterte er. Ich bin wirklich nur unglücklich, Gretel. Ich tue dies aus Umstand, nicht weil ich den Mut, die Intelligenz und die Nerven für diesen Beruf habe. Und ich gestehe, dass ich die größte Angst in meinem Leben bei der Erfüllung einiger Spionageaufträge in der Nähe der Gestapo hatte. Selbst als er vor der Roten Armee in der Region Kiew in der Ukraine kämpfte, hatte er keine solche Angst. Nein, Gretel, an mir ist nichts Außergewöhnliches. Ich habe dir schon gesagt, dass du eines Tages enttäuscht sein könntest.

Gretel trat einen Schritt vor und sah Max an. Er spürte eine Hitze aus seinem Bauch, die sanft seine Brust hinaufstieg. Als sich seine Arme um Gretels kurze Taille legten, ging all diese Hitze auf seine Lippen, die sich auf die der Frau niederließ.

Es war eine intensive Liebkosung; als ob sie beide versuchten, etwas festzuhalten, das jeden Moment fliehen könnte.

"Ich liebe dich, Max -" - flüsterte Gretel. Du bist außergewöhnlich. Und es ist außergewöhnlich, dass wir uns lieben.

„Es ist...', grübelte Max.

Der Deutsche erkannte, dass er aus der schrecklichsten Einsamkeit der letzten Monate etwas besessen hatte, etwas, das ein Leben füllen konnte.

Er drückte Gretel fester und spürte die Festigkeit, die Wärme dieses jungen Körpers. Er küsste sie erneut und schloss für einen Moment die Augen. Er versuchte, sich nicht daran zu erinnern, dass

Gretel in Wirklichkeit ein Körper war, der mehr einer scheinbar verlorenen Sache geopfert wurde.

„Komm schon, Gretel", murmelte er dann „Otto muss warten.

"Ach, komm schon. Danke ... dass du nicht geredet hast, Max "flüsterte die junge Frau mit etwas gebrochener Stimme, ich habe deine Anspannung bemerkt ...

„Halt die Klappe!", murmelte Max. Lass uns gehen.

Vorsichtig schob er sie zum Ausgang des Zimmers. Sie gingen dorthin, wo sie Otto verlassen hatten.

Otto war nicht da. Er hatte nicht erwartet.

* * *

Otto ließ die Stirn runzelnd seine Taschenlampe über die Wände des Zimmers gleiten. Dieser große, kantige, blonde, dunkeläugige Deutsche war nicht sehr schlau, aber er war schlau, und er ließ sich nicht von dem Anschein täuschen, dass es dort nichts gab, was auf einen Ausgang nach draußen hindeutete.

Er war bereits durch einen Raum gegangen und befand sich in dem, dessen Fenster auf das Meer gerichtet war.

Ich konnte schwach das Rauschen der Wellen hören, die gegen die Klippe krachten. Er mochte die neblige, feuchte Umgebung nicht; er mochte das Meer nicht; Er war der Mann des Landes, der Farm.

Alles, was ihn beunruhigte, gab ihm den Eindruck, als sei er weit weg von seinem Eigenen, von dem, was er so sehr liebte. Er war sehr weit von der Polin entfernt ...

Otto schüttelte als Reaktion den Kopf.

„Du würdest weinen wie ein Kind", sagte er sich.

Er dachte, wenn die Wände fest waren, sollte er den Boden durchsuchen.

Es war vielleicht eine Art Zeitverschwendung, aber es musste getan werden. Jede Anstrengung, die er unternahm, brachte ihn ihrem ganzen ein wenig näher.

Das Licht der Taschenlampe suchte nach einer Rille in den Bodenfliesen, bis es auf dem leicht knittrigen Teppich fixiert war.

Otto ging hinüber und trat den Teppich weg. Ein seltsames Lächeln umspielte seine Lippen, als er die Holzfalle entdeckte.

Perfekt. Es war dort unten. Es gab zwei Umstände: dass sie darauf warteten, sie entdeckt zu haben, oder dass sie nicht auf sie warteten.

Wie auch immer, es war am besten, Max über das, was er entdeckt hatte, auf dem Laufenden zu halten.

Ohne die Falle zu berühren, wich er zurück und ging auf das Zimmer des Russen zu, wo Gretel und Max wohnten.

Anscheinend wurden ihre stummen Schritte von dem Paar nicht gehört, das sich weiter küsste, während Otto sie etwas überrascht von der Tür aus beobachtete.

Otto blieb einige Sekunden da, unentschlossen, ganz bleich, und schaute hypnotisiert auf diese Körper, die eins zu sein schienen.

Endlich traf er eine Entscheidung: So leise wie er gekommen war, zog er sich zurück.

Max hatte Glück. Max war nicht mehr allein und furchtbar weit von seinem Geschäft entfernt.

Der große Mann spürte ein leichtes Ersticken und dann ein verdächtiges Brennen in seinen Augen. Er war den Umständen wegen auch dort. Er war ein friedlicher Mann, ein großer Biertrinker und ein ewiger Verehrer von allem Schönen, besonders als Frau ... wie die Polin. Süß, jung, elend ...

Er spitzte die Lippen und erinnerte sich, dass jeder Triumph ihn allem, was so weit weg war, ein Stück näher brachte.

Entschlossen steuerte er auf die Falle zu, ohne einen einzigen Zweifel daran zu haben, dass Max beim ersten Anzeichen von Gefahr dorthin kommen würde. Max war ein toller Begleiter. Max hatte eine große Zukunft, als der Nazismus aus Deutschland und aus der Erdschicht verschwand. Max war der Student, der den Kurs nie wiederholte.

Otto holte tief Luft und beugte sich vor, suchte nach der Vertiefung im Holz, die seinen Fingern Halt gab. Er zog sanft und die Falle begann sich zu heben. Er versuchte, nicht das leiseste Geräusch zu machen, legte sich auf den Boden und versuchte, Geräusche aufzunehmen, die aus dem dunklen und feuchten Inneren dieses offenen Mundes auf dem Boden kamen.

Irgendein.

Mit schweißfeuchten Schläfen entschloss sich Otto.

# 6

Sonia klebte an einer Ecke und fing die leichte Klarheit auf, die beim Öffnen der Luke im Tunnel entstand. Die Finger der Frau verkrampften sich um die Maschinenpistole, die sie trug. Sie hielt den Atem an und starrte zum Tunneleingang, wachsam auf die nächste Bewegung eines zweifellos Feindes.

Er biss die Zähne zusammen, als er einen dünnen Lichtkegel auf den Boden projizieren sah.

Sie wartete immer noch, da sie sich nicht ganz sicher war, ob es sich um einen einzelnen Mann handelte.

Die Frau spürte das heftige Schlagen ihres Herzens. Sie glaubte, dass es für den Mann, der vorrückte, unmöglich sei, vorausgesetzt, er sei ein Mann, da er seine Silhouette noch nicht unterscheiden konnte, dieses starke Pochen nicht zu hören, das sie in ihrer Kehle, in ihren Schläfen spürte ...

Unerwartet stieg der Lichtstrahl auf, projizierte zum Boden des Tunnels und reichte fast vollständig bis zu Sonia, die den Kolben der Maschinenpistole an ihre rechte Hüfte geklebt hatte.

Ein Keuchen ertönte, als sie ein seltsames Echo im Tunnel entdeckte, und Sonia drückte den Abzug der Waffe.

Otto Geißmann, überrascht von dieser plötzlichen Feuerzunge, hatte nur noch Zeit, ein heiseres Stöhnen auszustoßen. Er hatte einen stechenden Schmerz in seiner Brust gespürt und war gezwungen, einige Schritte zurückzutreten, die Taschenlampe loszulassen, um festzustellen, dass die Kraft seiner Finger plötzlich verschwunden war.

Mit der Pistole in der rechten Hand feuerte er zweimal, wahrscheinlich aus Reflex. Jedenfalls gelang es den Kugeln nur, Gesteins- und Erdpartikel von der Decke zu lösen.

Er fand sich auf dem Boden sitzend wieder, mit dem Rücken gegen die schlecht geschnitzte Wand des Tunnels. Seine von Angst und

Schmerz verschleierten Augen waren auf die Laterne gerichtet, die noch immer einen Lichtstrahl auf Bodenhöhe aussendete.

Dann die sich nähernde Silhouette ...

Es war eine Frau. Otto war nicht so schlimm, nicht zu entdecken, dass die Figur einer Frau gehörte.

"Der Russe...", murmelte er.

Sonia, angespannt, mit zusammengezogenem Gesicht, mit einigen Haaren an der Stirn, im Gesicht, wegen Schweiß und Feuchtigkeit, kam neben dem Verwundeten an.

"Wer bist du? Wie bist du hier her gekommen? Er erkundigte sich.

Otto, in diesen Momenten konnte er nur ein gedämpftes Lachen ausstoßen. Vielleicht lachte er über sich selbst. Ich dachte, egal wie eilig Max war, die Kugeln waren viel schneller.

Unendlich schneller.

"Ich sprach!

Sonias Schrei ließ Otto zusammenzucken. Diese Frau war nervös. Sehr nervös. Zumindest muss er genauso verängstigt sein wie Otto selbst.

„Bist du allein gekommen?", fragte Sonia weiter.

"Ja... Das..., das heißt: nur..." erwiderte Otto.

Was suchte er?

"Ein Umschlag", sagte Otto. Ich ... ich habe es gefunden ...

„Wirklich?" lachte die schöne Sonia unangenehm.

"Klar ... Sehr interessant.

"Lüge.

Der Russe mit Mogulgesicht wusste sofort, dass Otto log. Er konnte sogar lügen, dass er allein im Haus war. Es gab ein Mittel, ihn zum Sprechen zu bringen.

Ohne dass Otto die Tat der Frau auch nur ahnte, stand Sonia dem Lauf der Maschinenpistole zu Ottos Füßen gegenüber und drückte ab.

Wieder diese Feuerzunge, kurz, aber intensiv. Ein schmerzerfülltes Heulen wurde durch das scharfe Klappern der Waffe, die ohrenbetäubend durch den Tunnel polterte, erstickt.

Otto sah auf seine blutigen Füße hinab. Er spürte, wie der Schmerz zunahm, bis er entsetzliche Nadelstiche in seinem Gehirn hervorrief.

In diesen Momenten ertönte ein gedämpftes Geräusch auf der Erdtreppe, und Sonia verlor für ein paar Sekunden die Fassung und feuerte erneut, während sie sich zum Boden des Tunnels zurückzog, bis ihr Rücken an diesem verdammten Felsen klebte, der nicht nachgab Weg. da konnte ich nicht raus...

* * *

"Max...

Max war wütend und starrte auf die offene Falle wie ein monströses Maul.

Als er Gretels Flüstern hörte, sah er sie an und sagte:

„Ich habe gehört, Gretel. Bleib hier. Ich bitte Sie zu fliehen, wenn ich nur langsam zurückkomme oder kein Lebenszeichen zeige.

Gretel biss sich auf die Lippe, konnte aber nicht verhindern, dass ihr zwei Tränen in die Augen traten.

„So lange kann es nicht dauern...", flüsterte sie und wandte sich mehr an sich selbst als an Max.

Der Deutsche strich der Frau stumm übers Haar. Es reichte ihr in die Augen zu sehen.

Er fuhr zusammen, als er wieder das laute Geräusch der Detonationen hörte, die durch die offene Falle entkommen zu wollen schien, Max, ohne länger zu warten, versuchte mit aller Kraft Gretel zu vergessen, die ihn noch immer mit großen Augen ansah, Als ob er nicht daran glaubte, dass das passieren könnte, warf er eine Schachtel Streichhölzer die Treppe hinunter.

Sofort folgte eine neue Kette trockener Booms, die den Deutschen harsch lächeln ließ.

Sobald das Echo der Schüsse verstummte, stieg er die Treppe hinab, hielt sich sofort an der Erdwand fest und richtete den Lauf seiner Pistole auf den Boden des Tunnels.

Er sah das Licht scheinen, das nur eine Wand des Tunnels beleuchtete, obwohl es genug widerhallte, so dass dieser Bereich beleuchtet wurde.

Max sah Sonja.

Er sah, wie sie regungslos an die Wand gedrückt wurde und eifrig nach der Silhouette des Mannes Ausschau hielt, der dem Licht entgegengerückt sein musste.

Aber Max kam nicht voran. Er zielte nur ruhig und drückte ab. Zweimal. Der Doppelknall klang im Vergleich zur Kraft von Sonias Maschinenpistole fast lächerlich.

Es hat jedoch gereicht.

Es gab ein Keuchen und, wenn es Licht gab. Max hätte sehen können, wie sich ein Blutfleck auf tragische Weise schnell über Sonias linke Schulter ausbreitete. Blut durchtränkte ihr Kleid bis fast bis zum Bauch.

An der Wand festgeklemmt, rückte Max weit genug vor, um Sonias Keuchen zu hören, die vergeblich damit kämpfte, die Waffe aufzuheben, die ihr aus den Händen gerutscht war.

An dieses Licht gewöhnt, sprang Max über die gestreckten Beine des ohnmächtig gewordenen Otto und rannte auf Sonia zu.

"Ruhig!

Der Befehl kam scharf und hart von Max' Lippen. Er war neben Sonia angekommen und hatte den Fuß auf den Kolben der Maschinenpistole gesetzt, während er gleichzeitig das Licht seiner Taschenlampe auf die Augen der Frau projizierte.

Es schien plötzlich zusammenzubrechen und hörte auf, sich um die Maschinenpistole zu bemühen.

Max hätte schwören können, dass ein Schluchzen aus Sonias Kehle kam. Er war jedoch ziemlich skeptisch, ob Sonia weinen kann oder kann. Er ignorierte die geringste Aufmerksamkeit und schlug mit der Schuhspitze auf Sonjas Handgelenk, die regungslos blieb und die Augen schloss, um ihre Augen von der Qual des starren Lichts zu befreien.

Max seufzte.

„Ich freue mich, dass Sie verstehen, dass es sinnlos ist, nach einem Ausweg zu suchen", sagte er. Ich würde es hassen, dich töten zu müssen, Sonia.

„Schieße", sagte die Frau heiser.

Max lachte leise.

„Es ist neugierig. Du hast mich schon einmal gefragt, vor ein paar Stunden. Jeder würde sagen, dass Sie ein Hellseher sind ... Ich weiß nicht, ob Sie mich verstehen: Ich meine, Sie können tatsächlich durch meine Hände sterben.

Sonja antwortete nicht. Sie mied weiterhin das Licht, wodurch Max den Blick verlor, in ihre sehr schwarzen Augen zu starren, die wütend brannten.

„Wir wissen, dass zwei Männer bei dir waren, Sonia", sagte Max. Wo sind sie?

Ruhig sein.

„Hat dieser Tunnel einen Ausgang?", fragte Max.

Sonia beantwortete die Frage nicht. Im Gegenzug fragte er:

„Wie haben Sie dieses Haus entdeckt?

"Eine Frau. Es stimmt, dass Frauen in der Geschichte immer eine wichtige Rolle spielen. Aber ich möchte dich daran erinnern, dass ich frage, Sonia. Und ich hoffe, du antwortest diesmal nicht mit Lügen. Wo sind die beiden Männer, die Sie begleitet haben?

"Ich weiß nicht.

Max biss die Zähne zusammen. Ich hätte gerne den Mut, eine Frau zu schlagen. Er musste es zusammenbringen, auch wenn diese Frau verletzt war und das Blut einen glänzenden Klumpen auf der Brust dieses schwarzen Kleides bildete.

Dieses Verlangen schien gleichzeitig vom Gehirn auf die Nerven von Max übertragen zu werden, der brutal mit dem Lauf der Waffe auf das Gesicht der Frau schlug und sie vor Schmerzen aufschrie.

"Wo sind sie. Sonja? Wo kommst du her? Er erkundigte sich.

Sonia drohte das Bewusstsein zu verlieren. Sie wäre gerne in Schluchzer ausgebrochen, um den latenten Schmerz in ihrer linken Schulter besser zu ertragen. Er hatte zwei Kugeln fast dicht beieinander und bissen unerbittlich in sein Fleisch.

"Der Tunnel ... hat einen Ausgang ...", keuchte er. Im Moment verstopft mein Rücken sie.

"Zustimmen. Aber ich habe etwas anderes gefragt.

"Jawohl...

Sie schien in Ohnmacht zu fallen, wurde aber von einem neuen Schlag geweckt, der die roten, üppigen Lippen zerplatzte, die Max unter anderen Umständen neben seinen gewollt hätte. Max und alle anderen.

„Sonia.

Die Frau schüttelte den Kopf. Nebel Schmerzen. Pein.

„Hast du den Umschlag entdeckt?" erkundigte er sich.

„Guter Schwindel", knurrte Max. Ja, wir haben es gefunden. Und das? Wir vermuten natürlich, dass Yfremov die Anweisungen mündlich gegeben hat. Ist es möglich, dass sie heute Abend stattfinden?

Sonia nickte langsam mit dem Kopf. Dann sagte er:

„Ja heute Nacht. Es spielt keine Rolle mehr, dass ich es sage. Es ist sinnlos, dass Sie versuchen, unsere Aktion zu neutralisieren ...

Max kniff die Augen zusammen. Die Hand, die die Taschenlampe hielt, schwankte leicht.

„Vielleicht nicht, Sonia", sagte er kalt. Wollen diese beiden Männer neue Stahllieferungen sabotieren? Welche Schiffe müssen die Fracht befördern? Du weißt das alles und ich werde es auch wissen.

Max war von der Reaktion der Frau überrascht. Er kicherte nur hysterisch und dann hing unerwartet sein Kopf zur rechten Seite. Er erstarrte und atmete sehr schwach. Max' Fäuste ballten sich hektisch um die Taschenlampe und die Pistole, die er in der Hand hielt.

Immer noch nicht ganz überzeugt, dass Sonias Ohnmacht berechtigt war, versetzte er der Frau einen neuen Schlag ins Gesicht. Nur ein leises Stöhnen verließ Sonias Kehle und sie brach zusammen und gab die Öffnung des Tunnels frei.

Allerdings dachte Max in diesen Momenten, dass es dringendere Dinge gab.

Er verließ Sonia und rannte zur Treppe, die zum Fallenraum führte. Sie hörte Gretel erleichtert aufatmen, die auf dem Boden kniete und beobachtete, was in diesem düsteren Tunnel passieren mochte.

Bevor Gretel den Mund aufmachen konnte, sagte Max Lijo:

„Suchen Sie nach allem, was zum Desinfizieren und Verbinden von Wunden verwendet werden kann.

„Max, was? ...

Gretel brach ab. Max hörte nicht zu. Der Deutsche war wieder verschwunden und ging auf Otto zu. Ängstlich beugte er sich über den Gestank; er legte sein Ohr an Ottos blutige Brust und schien erleichtert, ein großes Herz zu schlagen.

Er sammelte die beiden Laternen ein und ließ sie beide ihr Licht auf Otto richten, um ihn deutlich genug zu erleuchten.

"Otto...

Sanfte Schläge auf die kalten Wangen des Mannes.

Dicke Schweißperlen auf Max' Stirn.

„Otto...!

Max schüttelte den Verwundeten, dessen Augen sich weiteten und einen dummen, verschleierten Blick um sich werfen.

„Schlampe... Schlampe...", flüsterte Otto heiser.

„Beruhige dich", murmelte Max „.. Wir können etwas für dich tun. Nicht bewegen; nicht sprechen.

Gretels Schritte waren neben Max und dem Verwundeten zu hören. An Land ließ er ein Notfallset und eine Flasche französischen

Brandy zurück. Anscheinend schätzten die Russen auch Liköre, die ihnen nicht gehörten und nichts mit Wodka zu tun hatten.

Max nahm die Flasche und steckte den Hals zwischen Ottos Lippen.

Er schluckte ein paar Schluck und spürte eine Woge von Hitze, von Leben. Schade, dass es künstlich war ... Aber ... was zum Teufel machte Max' Barbar?

Er hatte einfach seine Jacke ausgezogen und versuchte es mit Ottos blutdurchtränktem Hemd, als der Oberkörper des Deutschen entblößt war, nahm Max den Medizinschrank.

Ohne Ottos Lippen zu öffnen, versuchte Max, die Blutung durch zwei gefährliche Kugeln zu stoppen. Einer von ihnen, auf der rechten Brustseite, unter der Brustwarze auf der gleichen Seite; der andere, weniger als einen Zoll vom vorherigen entfernt.

„Ruhig, Otto", murmelte Max. „Du wirst da rauskommen.

Lied.

Er hat fromm gelogen.

Diese beiden Senkkörper waren tödlich.

Otto wusste sehr genau, was in seiner Brust furchtbar schmerzte und lachte kurz.

"Unsinn, Max ...", sagte er. Ich komm da nicht raus. Aber es interessiert mich kaum. Wirklich. Ich habe einfach das Gefühl...

Es wurde unterbrochen.

Das Bild der Leichen von Max und Gretel, die sich zusammengefügt hatten, kam ihm deutlich in den Sinn. Liebe, vielleicht Verzweiflung. Was spielte es für eine Rolle, wie er das meisterte? Otto beneidete ihn. Diese Vision von zwanzig Minuten zuvor verblüffte ihn, ließ ihn verzweifelt nach etwas verlangen. Etwas: Liebe. Das polnische Mädchen ... Wie weit war sie ...!

"Max...

"Dass?

Otto lachte wieder. Oder weinte er?

„Ist es... lohnt es sich für einen Mann, so zu sterben... umsonst? Umsonst, Max!" Der große Mann schluchzte fast. Das alles ist nutzlos, barbarisch, bedeutungslos ... Mein Hof ... Da wäre ich glücklich, Max. Du weißt es...

"Um Gottes willen, halt die Klappe, Otto", flüsterte Max wütend.

"Ich bin sehr ängstlich. Sehr verängstigt, Max ... " - stammelte Otto.

Max Kroplein fröstelte. Er wandte den Blick von Ottos Gesicht ab und sah Gretel an, die schwieg, vielleicht der gleichen Meinung wie Otto.

„Wir bringen dich nach oben, Otto", murmelte Max. Wir werden versuchen, einen Weg zu finden, Sie zu retten. Sie müssen uns helfen.

"Ja ... ja, Max ...

In diesem Moment ertönte ein gedämpftes Stöhnen aus der Ecke, in der Sonia lag.

Die Blicke von Max und Gretel waren auf den verwirrten Körper des Russen gerichtet, der sich schwach bewegte.

„Pass auf sie auf, Gretel", murmelte Max. Ich werde versuchen, Otto nach oben zu bringen.

Als er auf Otto zuging, um ihn zu packen, schien der Verwundete den Kontakt zu scheuen. Er drückte seinen verschwitzten Rücken an die Wand.

"Nein ... mach dir keine Mühe, Max ... Es ist nutzlos. Danke, dass Sie mich betrügen wollten, aber ich kenne die Wahrheit sehr gut ... Warum weiß ein Mann immer, wann er sterben muss?

"Rede nicht so, Otto...

"Ich wiederhole, dass ich dir danke, Max ... Aber es ist nutzlos ... Ich habe dir vorher gesagt ..., dass ich nur bedaure, nicht auf meinen Hof zurückkehren zu können ... Dieses Mädchen, die Polin , liebt mich ... Ich bin sicher, Max. Sie ... sie weiß, dass ich nicht ihr Feind bin ... Sie weiß zu unterscheiden, denn derzeit glaubt die halbe Welt, die Deutschen seien ihre Feinde ... Warum, Max? Weil?

„Vergiss das jetzt, Otto. Wir gehen zu...

„Ich werde dieser Bewegung nicht widerstehen können, Max ...
Lass mich ...

Max sah fassungslos zu Otto. Er starrte ihn ungläubig an und erkannte, dass Otto Recht hatte. Jeder Versuch, die Situation dieses großartigen und sauberen Deutschen zu verbessern, war zwecklos.

„Otto, ich...

Es wurde unterbrochen.

Ottos Kopf lehnte unbewusst gegen die Tunnelwand. Er hatte wieder das Bewusstsein verloren.

# 7

Er ist zu sich gekommen.

Max ging auf Gretel zu, die neben Sonia kniete. Er schob sie sanft weg und nahm den Platz der jungen Frau ein. Er streckte seine rechte Hand aus und nahm Sonias zitterndes Kinn.

„Aus all dem habe ich gefolgert, dass sich zwei Männer auf den Weg gemacht haben, die Schiffe mit für Deutschland bestimmten Stahlladungen zu sabotieren. Diese Schiffe stehen sicherlich kurz vor der Abfahrt, daher ist es sicher, dass ihre jeweiligen Besatzungen an Bord sind. Es genügt, dass du sprichst, damit viele neutrale Menschen das Leben retten, Sonia. Ich möchte, dass Sie das gut verstehen: neutrale Menschen. Diese Leben müssen nicht verkürzt werden.

„Auch die Boote würden gerettet", sagte Sonia.

Max schloss kurz die Augen.

„Ist es so wichtig?" erkundigte er sich.

Sonjas Augen blitzten. Ihre erigierte Büste zitterte, drehte sich um, nass von Blut.

„Für uns ja", sagte er barsch.

Max senkte den Kopf.

Hatte er nicht mit eigenen Augen gesehen, hilflos, fast weinend vor Wut, was SS und Gestapo in enger Zusammenarbeit mit den gefangenen Russen gemacht hatten? Frauen und Kinder inklusive. War das nicht wahnsinnig?

Wahnsinnig...

Was leuchtete in den Schülern von Sonia Yourskof? War es nicht Wahnsinn?

"Ich wiederhole, das sind neutrale Leute", sagte Max.

„Stahl ist für Deutschland", betonte Sonia.

„Trotzdem Sonja.

Die Frau holte tief Luft, woraufhin sie hustete.

"Es ist okay. Vielleicht hast du recht". Jedenfalls glaube ich nicht, dass es schon eine Lösung gibt.

„Was meinst du?", fragte Max.

"Es ist mehr als eine Stunde, fast eineinhalb Stunden her, dass die Männer in Richtung Hafen der Stadt aufgebrochen sind", erklärte Sonia- ". Die Anklagepunkte sind möglicherweise bereits vorhanden ...

* * *

„Siehst du etwas, Kuibshef?

"Nein" knurrte das oben Genannte.

Lubyen blinzelte nach oben und versuchte, die Signale zu erwischen, die vom Stockholmer Hafen warteten; Sie waren schon lange im Wasser, mehr als fünfundvierzig Minuten, und das Warten begann die Nerven der im Dunkeln völlig unsichtbaren Russen vor dem Hafen zu beunruhigen.

„Ich mag Vorostok nicht!" sagte Lubyen. „ Du nimmst die Dinge zu leicht; als wäre das alles bei uns nicht...

Er blieb plötzlich stehen.

Dort, in der Ferne, leuchtete ein rötliches Licht. Eine halbe Minute später schien das Licht an einem Punkt in kurzer Entfernung vom ersten. Sie warteten noch eine halbe Minute und es blinkte zum dritten Mal.

»Drei Schiffe«, knurrte Kuibshef. Die Dinge werden von Tag zu Tag komplizierter.

„Verschwende nicht deine Zeit mit Reden", grummelte der andere.

Sie begannen, das Boot näher an die Docks zu bringen, ohne die vom Bahnwärter markierten Situationen aus den Augen zu verlieren. Sie sahen verwirrt, wie große dunkle Monster, diese schweren Schiffe, die ihre kostbare Fracht enthielten.

Silhouetten, die sich im Näherkommen klarer wurden, bis der Konvoi aus drei Schiffen in den Augen der beiden Sowjets fast klar war, die bereits beschlossen hatten, das Schlauchboot aufzugeben.

Sie waren ziemlich nah am Hafen und kannten die Tiefe dieses schlammigen Grundwassers bereits.

Lubyen schlüpfte mit seinem Anteil an der Sprengladung ins Wasser. Unterdessen versenkte Kuibshef das Boot und ließ eine unsichtbare Boje aus dem Hafen treiben.

Die beiden Männer schwammen ohne Spritzer auf die Schiffe zu. Es stimmt, dass seine Vorsichtsmaßnahmen fast unnötig waren, da sich die Besatzung der Handelsschiffe normalerweise nicht darum kümmerte, was in den Gewässern des Hafens passierte.

Wenig später verschwanden sie von der Oberfläche, nachdem sie ein Schild überquert hatten.

Beide durchsuchten die Rümpfe der Schiffe und versuchten, ihre magnetischen Ladungen mit verzögerter Explosion an den verwundbarsten Stellen des Schiffes zu platzieren.

Die Ladungen vom Typ «Neunauge» wurden nach der Erfahrung dieser beiden Männer verteilt, die mit seltsamen Seeungeheuern verglichen werden konnten, obwohl ihre Hände vor Kälte gefroren und ihre Lungen kurz vor der Explosion standen.

Hin und wieder tauchte ein von der Kälte geprelltes Gesicht auf. Ein eifriger Atemzug genügte, um den Mann auf die Suche nach dem nächsten Punkt, an dem er die Ladung absetzen sollte, zurück zu schicken.

Die Operation wurde schnell, aber ohne Nerven, ruhig durchgeführt.

Die erste, die dorthin schwamm, wo das Boot versenkt wurde, war Lubyen, der die Boje lokalisierte. Es war leicht, das Boot zu versenken und zu bergen, als das andere ankam.

Sie nahmen leise ihre Posten ein und begannen ihre Rückkehr in ihr Hauptquartier.

Noch einmal betrachteten sie diese bereits verschwommenen Silhouetten, die bald explodieren würden. Jede "Neunauge"-Explosion würde folgen, ein Beben des betreffenden Schiffes, und eine Wasserwolke würde heftig aufspringen.

Wie immer. Dann würde das schwer beschädigte Schiff mit seiner Stahlladung sinken.

***

Max Kropelin ballte die Fäuste. Im Geiste folgte er den Bewegungen dieser Männer und stellte sich vor, was passieren würde.

„Was sind das für Schiffe, Sonia?", fragte er. Kennst du ihre Namen?
"Nein.

„Denken Sie darüber nach", sagte Max und lächelte kalt.

Ein Angstblitz ging durch die Geschmacksknospen des Russen. Max vermutete, dass er die Daten wirklich nicht kannte, daher würde es fast unmöglich sein, die Explosionen zu verhindern oder zumindest für die Besatzungen das Schiff zu verlassen.

„Okay", seufzte Max. Ich hoffe, dies ist Ihre letzte Operation. Wer leitet Ihre Gruppe?

„Ich", sagte Sonja.

„Haben Sie außer diesen beiden noch andere Männer?
Ruhig sein.

Max schüttelte den Kopf.

„Ich bin bereit, dich zu zerstören", sagte er. Ihr Sabotagenetzwerk muss verschwinden. Sie können andere Agenten schicken, aber ich versichere Ihnen, dass es für sie nicht einfach sein wird, sie zu organisieren. Ich weiß, dass Sie schon vor Kriegsbeginn hier waren. Die Russen sind nicht eingeschlafen, aber denken Sie daran, dass wir anderen jetzt anfangen aufzuwachen.

Ein verächtliches Hohnlächeln berührte die Lippen des Russen.

„Nicht anstrengen. Ich werde nichts anderes sagen. Wir werden sehen, was Sie mit mir machen können ", sagte er.

„Du wirst wenigstens sehen, was ich mit den beiden vorhabe, die jeden Moment eintreffen müssen", sagte Max mit einem rauen Lächeln.

Auch für Sie finden wir eine Lösung. Ich bin kein Mörder ... das war ich bis jetzt noch nicht.

Gretel sah Max etwas erschrocken an. Die junge Deutsche konnte ihre Sorge nicht verbergen; der Aufenthalt in diesem Tunnel hat sie ertränkt.

„Max... lass uns nach oben gehen", sagte er. Otto wird hier nicht lange durchhalten.

"Es ist okay. Lass uns gehen.

Er kam Sonia näher und zwang sie, sich aufzusetzen. Dann schob er sie nach vorne. Die Frau wehrte sich nicht und begann unter Androhung der Pistole, die Max Gretel gegeben hatte, zu laufen.

Dann ging Max zu Otto hinüber und steckte den Hals der französischen Brandyflasche zwischen seine blassen Lippen. Otto schien sich wiederzubeleben.

„Wir verschwinden hier, Otto-", knurrte Max- „. Steh auf und lehn dich an mich, Otto lachte gebrochen.

"Aufstehen? Ich habe sie vernichten lassen ... Sieh sie dir an, Max.

Max leuchtete mit der Taschenlampe zu Ottos Füßen und wurde entsetzlich blass, als er sah, was passiert war. Der rechte Fuß war zertrümmert, rückgängig gemacht. Er konnte es nie gebrauchen ... vorausgesetzt, er überlebte seine Brustwunden, was Max bezweifelte.

Max reagierte jedoch. Genannt:

"Zustimmen. Ich trage dich auf dem Rücken, Otto protestierte nicht. Sie würde an jeder Chance festhalten, sich selbst zu retten, egal wie schwach sie war.

Sie spürte Max' Schulter auf ihrem Bauch und schwankte dann, als Max leicht schwankte, unter Ottos Gewicht.

Max machte ein Zeichen und Gretel zwang Sonia, vorwärts zu gehen. Als sie die Treppe erreichten, stieg Gretel als Erste hinauf. Oben angekommen, zwang sie Sonia, die ihr vorausgegangen war, in einer Ecke des Zimmers zu stehen, weg von der Tür. Gretel ihrerseits wartete auf Max und half ihm, Otto zu bewegen.

Er wurde vorsichtig auf den Boden gelegt, mit dem Rücken zur Wand.

Als die Operation vorüber war, ging Max langsam auf Sonia zu, die bleich stehen blieb und sich auf die Lippen biss, um nicht vor Schmerzen aufzuschreien.

„Du hattest Zeit zum Nachdenken, Sonia", sagte Max.

„Werden Sie mich freilassen, wenn ich spreche?" erkundigte sich die Frau.

„Versuch es." Max lächelte schief.

In diesem Moment ertönte ein Geräusch an der Tür des Hauses und Max, der schnell reagierte, sprang auf Sonia und knebelte sie mit seiner rechten Hand, bevor die Frau schreien konnte.

Max zerquetschte die Frau mit seinem Körpergewicht und deutete auf Gretel, die sich an die Wand neben der Eingangstür des Zimmers lehnte.

Die Tür war geöffnet worden und das Flurlicht ging an, sodass ein Mann gut sichtbar war, der auf Sonias Zimmer zuging.

Max kicherte leise und schaute auf Sonias Nacken. Es würde einen einzigen Schlag brauchen, um sie für eine Weile loszuwerden. Er ließ seine linke Hand mit der Kante auf seinen Nacken fallen und bemerkte, dass sich Sonias Körper entspannte. Er legte es hin und zog seine Pistole.

Er ging geräuschlos zur Tür und flüsterte:

„Beweg dich nicht, Gretel.

Er verließ dieses Zimmer und folgte dem Mann, der auch in Sonias Zimmer das Licht angemacht hatte und sich verwirrt umsah.

"Dreh dich nicht um", befahl Max' Stimme trocken.

Der Körper des Mannes zuckte heftig, aber er gehorchte. Er erstarrte und drehte Max den Rücken zu, der auf ihn zukam. Als erstes ließ Max seine linke Hand über die Brust des Russen gleiten und fand eine Pistole unter seiner linken Achselhöhle.

Er warf es unter Sonias Bett und sagte:

"Das ist besser.

„Wo ist Sonia?", fragte der Typ.

"Jetzt schlafen. Du hast einen Job. Lass uns gehen.

Er zwang ihn sich umzudrehen und schob ihn dann in den Fallenraum, wo sich das Telefon befand. Mit dem Licht aus der Lobby reichte es, die Diskette des Geräts zu sehen, und Max befahl:

„Rufen Sie die Hafenämter an und nennen Sie die Namen der Schiffe, die gesprengt werden.

Der Russe blinzelte.

Er sah sich um und entdeckte Sonia regungslos am Boden, Otto, der ihn mit verschleierten Augen ansah, und die schweigsame Gretel, in deren Rechten auch eine Pistole steckte.

„Das werde ich nicht tun", knurrte der Mann.

Max rammte dem Russen den Lauf der Pistole ins linke Ohr, der kreischte und taumelte.

Der Schrei dieses Mannes beschleunigte die Genesung von Sonia, die erschauderte und die Augen öffnete, sie biss sich auf die Lippen, als sie ihre Landsfrau sah und murmelte:

„Worostok ... Idiot.

Vorostok sah sie hilflos an.

„Ich habe dich am Telefon angerufen", sagte er – „Da du nicht geantwortet hast, habe ich beschlossen, herauszufinden, was los ist.

„Du könntest Vorkehrungen treffen", sagte Sonia trocken.

"Ich bin nicht so schlau wie Sie", sagte der Russe.

"Genug. Ich werde schießen, um zu töten, wenn Sie nicht innerhalb von fünf Sekunden mit den Hafenbüros kommuniziert haben ", griff Max ein, stellte sich vor Vorostok auf und starrte ihn an.

Der Satin sah weg, um ihn auf Sonia zu fixieren. Genannt:

„Ich bin auch nicht zu mutig, Sonia.

Die Frau zuckte mit den Schultern. Er senkte den Kopf, um das Leuchten in seinen Augen zu verbergen. Vorostok war sicherlich kein kluger Mann. Aber er log über seinen Wert. Dies bedeutete, dass eine gewisse Chance bestand, das Blatt der Situation zu wenden. Vorostok würde etwas tun ...

Der Russe, von Max aufmerksam beobachtet, nahm das Telefon und streckte die rechte Hand aus, als wolle er die entsprechende Nummer wählen.

Was er tat, war, den Hörer gegen Max' bewaffnete Hand zu knallen.

Der Schlag funktionierte und Max war überrascht, die Waffe von Vorostoks Körper abzulenken. Seine sofortige Reaktion war, Max mit der linken Faust auf den Bauch zu schlagen und dann mit dem rechten Ellbogen ins Gesicht zu schlagen, was Max dazu brachte, einige Schritte zurückzutreten, bis er über die von Sonia gepflegte Stöcke stolperte, die sich mit beiden Händen nach ihm ausstreckte ... die Pistole, die der Deutsche locker hielt.

Sonia nahm die Pistole, aber bereits Gretel, die aus ihrer Betäubung erwacht war, schoss auf sie, vermisste, aber gab Max Zeit, wieder aufzubauen und Sonia daran zu hindern, zu schießen.

Gretels zweiter Schuss war auf Vorostoks Körper gerichtet: Er vibrierte, aber die Kugel konnte den Sprung des Russen auf das Fenster, von dem aus das Meer zu sehen war, nicht aufhalten.

Vorostok zerbrach das Glas und schützte sein Gesicht mit seinen Händen und Armen, aber sein Körper kam nicht durch den Fensterrahmen.

Die zweite Kugel, die Gretel auf Vorostok abfeuerte, war viel gezielter und bohrte sich in die Mitte seines Rückens.

Seine Kraft verlor plötzlich, sein Schwung brach ab, Vorostok sank gegen die Kanten der Glasscherben. Ein Schmerzensschrei hallte durch den Raum; ein Schrei, der abrupt unterbrochen wurde, und Vorostok fiel rückwärts zu Boden und zeigte seine blutige Brust, in die mehrere kleine Rippen eingebettet waren. In seinen Augen lag ein Ausdruck des Wahnsinns, der bereits vom Tode erstarrt war.

Gretel, totenbleich, die rechte Hand schlaff an der Seite hängend, starrte hypnotisiert auf diesen blutüberströmten Körper.

Inzwischen hatte Max Sonia vollständig beherrscht und seine Waffe wiedererlangt.

„Verdammter Attentäter!" knurrte Max, „Viele werden sterben, Sonia. Menschen, die nicht sterben müssen.

"Nichts ist mehr zu helfen", sagte Sonia. Vorostok war der einzige, der die Namen dieser Schiffe kannte. Andererseits, selbst wenn er mit den Hafenämtern kommuniziert hätte, hätten auch diese nichts erreicht. Ladungen werden jeden Moment explodieren.

„Was bedeutet, dass diese beiden Männer bald hier auftauchen werden. Sie müssen kommen-", murmelte Max.

Sonja antwortete nicht.

Er atmete säuerlich, und in seinen Augen konnte man den Glanz des Fiebers aus seinen Wunden sehen, das nicht aufhörte, vor Blut zu fließen.

„Der Medizinschrank, Gretel", murmelte Max.

"Nein..., mach dir keine Sorgen um mich", sagte Sonia heiser. Ich werde Ihnen nicht danken können.

Aber Gretel kam schon die Treppe der Falle herunter und suchte nach dem Medizinschrank. Kurz darauf kehrte sie zurück, und sie selbst war es, die sich neben Sonia lehnte, ihr Kleid zerriss und eine weiße, runde, warme Schulter freigab.

Max ging von dort weg und ging auf die Falle zu, schloss sie. Die Ankunft der beiden einfachen Saboteure machte ihm nicht die geringste Sorge, denn sobald sie die Falle öffneten, standen sie dem Lauf seiner Pistole gegenüber.

Dann trat Max auf Otto zu.

„Hey, Max ... ich versuche schon lange, die Flasche zu greifen", murmelte Otto.

Max reichte dem anderen wortlos die Schnapsflasche.

Otto nahm einen Schluck und Tränen traten ihm in die Augen.

„Gib mir eine Waffe, Max", sagte er später. Ich werde versuchen, dir zu helfen.

"Nicht nötig, Otto", knurrte Max.

„Gib mir eine Waffe...!" explodierte der Mann hysterisch und packte Max am Revers seiner leichten Jacke, die schmutzig und blutbespritzt war.

Max löste sich ruhig aus Ottos Händen.

„Beruhige dich, Otto", sagte er. Ich bin allein genug.

Otto kniff die Augen zusammen. Sein Gesicht glänzte vor Schweiß.

„Du hast erraten, was ich denke, hm?", grummelte er.

Max starrte ihn stumm an.

„Du musst verstehen, Max", murmelte der Mann. Ich kann diese Schmerzen nicht mehr ertragen ... „Gib mir eine Waffe ... Oder die Flasche. Tu etwas, Max ... Hörst du mich nicht?

Max senkte den Kopf.

„Darauf kann ich nicht zugreifen, Otto", murmelte er.

„Dann hol mich hier raus.

„Zwei Männer werden noch vermisst. Wir können jetzt nicht gehen, verstehst du? Wenn wir sie am Leben lassen, wäre alles nutzlos gewesen ... Sogar dein Opfer, Otto.

„Mein Opfer ... Was zum Teufel geht mich etwas an? Ich wollte keinen Krieg, Max ... Warum sollte ich sterben? Ich will zurück nach Deutschland ... ich hätte dort nicht weggehen sollen ... ich hätte nicht weggehen sollen ...

Max reichte Otto die Flasche und sagte:

„Trink aus, Otto.

"Nun... Du denkst, ich bin ein Feigling, dass ich den Schmerz nicht ertragen kann, hm, Max?"

„Sag nicht Dummheit.

„Findest du mich mutig?

„Das ist jetzt egal, Otto.

"Unklar...

Otto trank wieder. Nur der Alkohol, der ihm im Magen brannte, konnte die starken Schmerzen seiner Wunden lindern.

Dann richteten sich seine Augen, etwas verschleiert, auf Sonia, die sich wehrte, sich auf die Lippen biss, um ihre Wunden zu heilen. Sie, die Verfluchte, hatte ihn getötet.

„Was wirst du mit dieser Frau machen, Max?" erkundigte er sich, ohne den Blick von Sonias nackter Schulter abzuwenden.

"Ich weiß nicht...

„Das tue ich", warf Otto ein.

Max holte tief Luft. Er wusste sehr gut, was Otto im Moment dachte. Natürlich wäre es ihm sehr angenehm gewesen, Otto den Russen töten zu lassen. Trotzdem machte sich Max verantwortlich für das, was passieren könnte, und er mochte die Idee nicht, Otto die Frau kaltblütig ermorden zu lassen.

Es würde zwar ein Problem für ihn lösen, aber ... Warum zum Teufel passiert immer das Schlimmste?

„Ich glaube nicht, dass du zufrieden sein wirst, nachdem du Sonia getötet hast, Otto-", murmelte Max schließlich. „ Das dachten Sie, oder?

Otto trank wieder. Er lehnte sich mit dem Rücken an die Wand.

„Es ist wahr", überlegte er. Weißt du, dass ich mich viel besser fühle, Max?

Max sah auf die Flasche.

„Ich feiere es", murmelte er.

„Was hast du jetzt vor?" erkundigte sich Otto.

"Erwarten. Ich habe es dir schon gesagt.

"Und später?

Max war von der Frage überrascht.

„Später? –", knurrte er. Ich weiß nicht. Ich habe nichts entschieden,

„Gehst du zurück nach Deutschland?

„So einfach ist das nicht, Otto.

"Klar ... Es ist nicht einfach. Ich habe noch nie so viel Lust verspürt, zurückzukehren wie zu dieser Zeit, sagte Max ", sagte Otto. Ich glaube, ich würde einiges anders machen.

„Bereust du etwas?

Otto lächelte, das zuckte und sich in mein Zucken verwandelte.

„Ich bereue, was ich nicht getan habe, Max", sagte er. Ich nehme an, dass so etwas von allen sterbenden Menschen gefühlt werden muss. Man hat den Eindruck, dass er dummerweise sein Leben vergeudet hat

Ein Rinnsal Blut rann Ottos linken Mundwinkel hinab. Max sagte heiser:

„Sprich nicht mehr. Otto. Ruhe gut.

**8**

Das Schlauchboot klebte lautlos an der felsigen Felswand. Mit einem starken Draht wurde er an einem Felsvorsprung befestigt und die beiden Männer widmeten sich mit aller Kraft dem Fels, der den Eingang des Tunnels von außen bedeckte.

Als es ihnen gelang, schlüpfte Lubyen durch die Öffnung und half Kuibshef. Als die beiden Männer im Tunnel waren, hoben sie das Boot und zogen am Draht. Sie entleerten es, indem sie es nach innen bewegten.

Die Öffnung wurde geschlossen und Lubyen griff nach einem natürlichen Felsvorsprung, wo die Laterne für solche Fälle zurückgelassen wurde.

Er berührte sie nicht vom Regal; er drückte einfach auf den Schalter, und das Licht traf die Stelle, an der die sowjetischen Agenten ihre Kleidung zurückgelassen hatten.

Die beiden Männer zogen ihre Gummianzüge aus und trugen normale Kleidung.

»Ich rieche nach Schießpulver, Lubyen«, knurrte Kuibshef.

"Dummes Zeug.

„Ich habe eine sehr feine Nase.

Lubyen ignorierte es.

„Bist du bereit?“ knurrte er,

"Jawohl.

Lubyen nahm die Taschenlampe und ging durch den Tunnel zur Treppe.

Kuibshef fühlte sich seltsam unwohl. Es roch nach Schießpulver. Natürlich war Lubyen viel schlauer als er, aber wenn es darum ging, Gefahren einzuschätzen, hatte Kuibshef einen hochentwickelten Instinkt. Es war nicht das erste Mal, dass sein Leben ins Spiel kam.

Lubyen dachte anscheinend an andere Dinge. Er stieg die Treppe hinauf und stieß mit der linken Hand gegen die Falle. Er steckte den Kopf raus

Er sah sehr flüchtig, wie ein Blitz, der den Tod einhüllte, dass die Dunkelheit gewaltsam und grausam abgeschnitten wurde.

Flüchtig. Sehr flüchtig.

Lubyen wusste nicht einmal, dass sein Schrei abscheulich war. Ein kurzer, gebrochener Schrei.

Mit zwei Kugeln in den Kopf ließ Lubyen die Falle wieder zu, rollte die Treppe hinunter, ließ die Taschenlampe fallen und rannte über Kuibshef.

Die beiden Männer blieben auf dem feuchten Boden liegen. Kuibshef schüttelte das Gewicht von Lubyens Leiche ab, nahm die Laterne und trat zurück zur Öffnung in der Klippe, ohne auch nur einen Augenblick daran zu zweifeln, dass sein Gefährte tot war. Er hatte Lubyens zerschmetterte Stirn kurz gesehen.

Das Gefühl, dass die Angst, der Schrecken, einen Kloß in seiner Kehle bildete. Kuibshef wich bis zum Ende des Tunnels zurück und versuchte, den massiven Felsen zu bewegen.

Es war nutzlos. Es brauchte zwei starke Männer, um es zu bewegen.

Dicke Schweißperlen begannen über das Gesicht dieses Mannes zu tropfen, der sich verzweifelt umsah, auf der Suche nach einem Ausweg, den es nicht gab Die Falle öffnen und sich den Kopf abblasen wie Lubyen?

"Nein, nein ..." - murmelte er heiser.

Er ging jedoch zurück zur Treppe. Er fühlte sich in die Enge getrieben, versunken. Was könnte passiert sein?

* * *

Während Otto, fast betrunken, stumm lachte, als die Falle wieder geschlossen wurde, sah Gretel, der Ohnmacht nahe, Max erstaunt an.

Er hatte zweimal ohne Vorwarnung geschossen, ohne auf irgendetwas zu warten. Dafür hatte er mit Vergnügen getötet. Es wurde in diesen Momenten in seinen Augen gelesen. In Max' blaugrauen Pupillen war der Tod zu sehen.

"Max...", flüsterte Gretel wie ein Vorwurf.

Max kniff die Augen zusammen.

"Bis jetzt ist einer gestorben", sagte er. Nur einer, Gretel. Ich kann diesen Männern nicht verzeihen, noch ist es mir egal, wie sie aussehen. Außerdem hatte ich gerade eine Idee. Komm näher.

Gretel gehorchte fassungslos.

In diesen Momenten glaubte sie wieder, Max sei ihr fremd. Max' Gesicht war sehr blass, verzerrt. In seinen Schülern war klar, dass er nicht log, dass er entschlossen war zu töten, was immer es war.

Max sah Gretel in die Augen, ohne dass seine Miene weicher wurde. Trocken bestelle ich:

„Bring die Kleider von Sonias Bett. Vorbefeuchtet.

"Max ... ich verstehe nicht ...

„Du wirst gleich verstehen-" unterbrach Max abrupt. Ich kann nicht vergessen, dass heute Nacht in wenigen Minuten Dutzende von Männern sterben können. Dutzende von Männern ... Das verstehst du auch nicht? Ich habe es zu lange gesehen, Gretel. Zu viel Zeit. Und nicht nur Männer. Ich habe Dutzende sterben sehen, Hunderte, Frauen und Kinder, für die der Krieg grausam und unverständlich war. Ich kann es nicht vertragen! Die Massenmörder, diese grausamen, blinden Schwerter, müssen verschwinden. Egal ob Nazis oder Russen, sie müssen sterben. Wirklich, der Krieg muss etwas dienen: damit das Schlimmste stirbt. Leider ist dies nicht immer der Fall. Aber es wird irgendwann passieren. Wir werden immer frei von Mördern sein. Die Klamotten auf Sonias Bett, nass!" schrie Max.

Gretels Mund weitete sich, als hätte sie Mühe zu atmen.

Er machte keinen einzigen Kommentar. Fast rannte er, versuchte seine Angst, sein Schluchzen zu verbergen, und rannte zu Sonias Zimmer.

Die Russin ihrerseits sah Max an, als wäre er ein seltsames Naturphänomen, und der Russe verspürte damals echte Panik und dachte, wenn Max nicht seine gewohnte Gelassenheit wiedererlangte, würde es ihr schlecht gehen.

Otto lachte immer noch.

Er sah Sonia an, die mit seinen verschleierten Pupillen diese weiße und nackte Schulter verbrannte. Er war wirklich dumm gewesen. Das Leben hat sehr gute Dinge, die er übersehen hatte, selbst nachdem er sich verliebt hatte, entschied er sich unbeholfen für den Kampf.

Absurd

Was er tun musste, war, mit der Polen irgendwohin zu gehen, sie zu heiraten und glücklich zu sein. Verdammt dumm! Verdammte Blindheit!

Er wählte die NSDAP, weil er deren Schrecken noch nicht erlebt hatte. Er war stolz, als er die Wehrmachtsuniform anzog und wie Max in eine Panzerdivision eingesetzt wurde. Dort trafen sie sich und begannen mit Begeisterung den Kampf.

Dann änderte sich alles.

Der Adel des Heeres wurde von diesen mörderischen SS-Kommandos verdreckt, verdreckt von den Nachhutgruppen

Otto schloss die Augen und hörte auf zu lachen.

Er brauchte noch einen Drink.

Er verstand, dass es nicht sehr würdevoll war, betrunken zu sterben, aber er fühlte sich zu nichts anderem gewachsen. Für ihn war die Würde schon lange verloren; alle hatten sie verloren.

Schließlich kam Gretel mit einem Haufen diskret feuchter Kleider an. Er ließ sie schweigend zu Max' Füßen.

„Was wirst du tun, Max?" erkundigte er sich.

„Kannst du dir das nicht vorstellen?" Max lächelte kalt.

"Mir...

„Dieser Mann ist halb zu Tode erschrocken", sagte Max. Zumindest wäre ich es. Schließlich werde ich ihn nur davon überzeugen, dass es besser ist, früher zu sterben.

Trotzdem hörte Max auf, auf Gretel zu achten, und beugte sich zu dem Bündel nasser Kleidung vor. Er steckte das Ende eines Lakens in Brand und wartete, bis der Rauch in diesem Raum fast unerträglich war.

Da öffnete Max die Falle, schickte mit seinem Fuß den rauchenden Scheiterhaufen die Treppe hinunter und schloss sich schnell.

Hustend sah er Gretel an und sagte:

„Mach das Fenster weit auf, Gretel.

Die Frau ging durch den Rauch zum Fenster und wich Vorostoks Leiche aus.

Offenbar erzeugte das zerbrochene Glas keine ausreichende Belüftung, damit der Rauch entweichen konnte.

Gretel öffnete das Fenster und stand einen Moment neben ihr, atmete die Außenluft aus vollen Lungen ein.

Dann sah er Max an.

Er blieb wachsam, stand regungslos vor der Falle und wusste, was kommen musste.

* * *

In der Dunkelheit des Tunnels war der Rauch natürlich nicht zu sehen, zumal Kuibshef vorsichtshalber die Taschenlampe ausgeschaltet hatte.

Er begann jedoch zu husten.

Er begann eine schmerzhafte Reizung in seinen Augen zu bemerken. Dann der unverwechselbare Geruch. Er hatte tatsächlich eine sehr feine Nase und ein genaues Gespür für Gefahren.

"Verdammt...!", murmelte er.

Er verstand sofort: Entweder würde er dort herauskommen, bereit, zwei Kugeln in den Kopf zu treffen, oder er würde erstickt sterben.

Hätte man die Wahl, würde sich jeder für den ersten Tod entscheiden. Ein schneller, fast süßer Tod.

Er knipste die Taschenlampe an, holte eine Maschinenpistole aus dem kleinen Arsenal, steckte sie sich unter den rechten Arm, den Zeigefinger auf den Abzug und ging auf die Treppe zu.

Er versuchte, auf den Haufen verbrannter Kleider zu stampfen, aber es gelang ihm nur, den Rauch zu verstärken.

Er wagte nicht einmal zu atmen und ging die Treppe hinauf.

Als erster Akt drückte er den Abzug der Maschinenpistole und feuerte einen Bleistrahl ab, der die Falle zersplitterte und sie aufgrund der Aufschläge leicht anhob.

Er feuerte noch einmal, dann schob er mit demselben Lauf der Maschinenpistole schnell auf das Holz, das sich weit öffnete und Kuibshef einen Schwall fast reiner Luft ermöglichte.

Nur einer.

Als sich seine Lungen mit Luft füllten, kam das, was er befürchtet hatte. Dort, vor seinen roten, gereizten, tränenden Augen, der entfesselte Tod.

Max Kropelin, unveränderlich, die Pistole fest gehalten, feuerte mehrmals.

Die Blitze brachen in eine einzige feurige Zunge aus. Die Führung teilte sich bösartig und tödlich in Richtung Kuibshefs Gesicht.

In wenigen Sekunden verschwand dieses Gesicht aus Max' Sicht, obwohl er einige Knochenpartikel springen sehen konnte.

Als die Leiche die Treppe hinuntergesprungen war, schloss Max hastig die Falle wieder, um zu verhindern, dass der Rauch den Raum wieder füllte.

Dann starrte er das hölzerne Rechteck an und blieb einen Moment regungslos stehen.

"Max."

Er drehte sich nicht um.

„Lass uns hier verschwinden, Max.

Gretels Stimme war flehend, etwas schrill, als wäre die junge Frau am Rande der Hysterie.

Schließlich drehte sich Max um und sah Gretel an. Die Augen des Mädchens waren voller Tränen. Er biss sich auf die Lippe. Vielleicht war alles, was passiert war, zu viel für eine einfache Frau gewesen, die sie höchstens getan hatte, um einige Dokumente aus dem riesigen Nazi-Archiv zu stehlen.

„Ja...", flüsterte Max. Lass uns von hier aus gehen.

Zu diesem Zeitpunkt nahmen beide ein gedämpftes Stöhnen wahr, das unbeschreibliche Angst ausdrückte.

# 9

Otto rutschte auf die Frau zu, die in Ohnmacht gefallen schien. Vielleicht der Rauch; vielleicht der Schmerz seiner Wunden an dieser Schulter, der für den Deutschen eine Besessenheit war.

In diesen angespannten Momenten hatten weder Max noch Gretel Otto bemerkt, der langsam aber sicher vorrückte. Der französische Brandy musste etwas haben. Teufel noch mal...! Otto wusste, dass sich die Generäle, Politiker und Dicken der NSDAP Cognac aus dem besetzten Frankreich sowie "Champagner" und einige typisch französische Produkte holen ließen.

Guter Cognac, ja. Diese Verdammten wussten, was sie taten.

Otto hustete und merkte, dass ihm das Atmen immer schwerer fiel. Aber er legte keinen Wert darauf. Ich habe nur um ein paar Minuten mehr Leben gebeten.

Er lachte seltsam und dachte, dass er zumindest etwas getan hätte, was er nicht bereuen würde, es noch offen zu lassen.

Er sah zu Sonia zurück, die immer noch mit geschlossenen Augen stand. Sehr blass. Es zeigte seine weiße Kehle; eine pochende Kehle, die vor Ottos geröteten Augen größer wurde.

Als er die Frau erreichte, sah Otto Max und Gretel an, die ihm nicht die geringste Aufmerksamkeit schenkten. Dass Gretel, so Otto, nur Max im Auge hatte. Besser. Am besten für Max; ein Glückspilz.

Da begannen die Schüsse.

Otto wartete nicht länger. Er streckte beide Hände vor, kalt, steif und umschloss Sonias Kehle.

Die Frau öffnete bei dem Kontakt, auch wegen der Explosion der Schüsse, die Augen und versuchte entsetzt zu schreien.

Er konnte es nicht mehr.

"Stirb, Schlampe..., stirb...", stammelte Otto, "Menschen wie du verdienen es nicht zu leben..., sie verdienen es nicht zu atmen...

Sonia versuchte zu argumentieren, aber ihre Kraft versagte ihr. Diese Finger um ihren Hals packten ihre Nerven, verdunkelten ihr Gehirn.

„Max hatte dich vergessen..." keuchte Otto. Ich tu nicht. Sie sind der Hauptschuldige an all dem. Du bist der schlimmste Mörder. Was kümmert es dich, wenn unschuldige Menschen sterben ...? Was kümmert es dich ...? Sie haben es noch nie gesehen, oder? Das tue ich. Ich habe es gesehen...!

Otto, mit gerötetem Gesicht, mit den Adern in den Schläfen, die kurz vor der Explosion standen, stand halb aufrecht und sammelte seine ohnehin schon geringe Kraft, um Sonias Nacken zu drücken.

Die Frau hatte aufgehört zu kämpfen und ihr Gesicht wurde dunkel.

Stöhnte. Ich habe nur gejammert.

"Lass sie fallen, Otto ... Komm, lass sie fallen ...!

Er hörte auch nichts.

Der deutsche Riese bemerkte eine seltsame Freude, seine Daumen in Sonias Halsschlagader zu stecken. Trotzdem leistete er keinen Widerstand, als Max' Hände es schafften, seine von diesem brutal abgetrennten Hals zu trennen.

Als Max sich nach unten beugte, um Sonia genauer zu untersuchen, seufzte er und sagte:

„Du hast sie erwürgt, Otto.

Otto antwortete nicht.

Wirklich, die Auswirkungen dieser halben Trunkenheit ließen nach und Max' Worte prallten von seinem aufgedunsenen, erschöpften Gehirn ab.

Er zuckte die Achseln und stammelte:

„Er... hat es verdient, Max... nicht wahr?

„Sicher, Otto. Aber es kommt vor, dass ... Gut. Dummes Zeug. Ich wollte sagen, dass es eine Frau ist.

„Es war... es war ein Monster, nicht wahr, Max?

Max starrte Otto an. Er entdeckte Angst in den verschleierten Pupillen des Mannes. Otto erwartete mit ziemlicher Sicherheit, dass Max bestätigen würde, dass Sonia ein Monster gewesen war. Otto wartete auf diese Bestätigung als mildernden Faktor, um sein Gewissen zu beruhigen.

„Das war es, Otto", sagte er. Jetzt ist sie nur noch eine tote Frau. Einer noch. Es spielt kaum eine Rolle; Verstehst du

Otto nickte verlegen und sagte:

Danke, Max.

"Bah. Jetzt werden wir hier verschwinden. Wir werden in die Stadt zurückkehren. Vielleicht rettet dich ein Arzt, Otto. Lass uns gehen?

"Ja ja. Ich würde damit verbringen, mich selbst zu retten, Max. Wir haben gute Arbeit geleistet, oder? Sehr gut. Natürlich haben Sie wirklich die Last der Arbeit getragen, aber ich bin auch zufrieden. Ein großer Triumph, Max.

Max leckte sich die Lippen.

Ich wollte sagen, dass dies kein Triumph war, sondern ganz im Gegenteil: ein durchschlagender Misserfolg.

"Ja ... ein großer Triumph, Otto", flüsterte er. Wir haben ein gefährliches sowjetisches Sabotagenetzwerk demontiert. Ein großer Triumph...

Er drehte sich zu Gretel um, die auf die beiden zugegangen war. Gretel bemerkte, dass Max' Pupillen weicher geworden waren. Er fand sogar den Mann, der vor kurzem geschossen hatte, wütend vor Wut, entspannte sich bei einigen Mördern.

Komm, Gretel. Hilf mir, Otto zu tragen. Wir bringen Sie zum Auto.

„Ja, Max,

Wieder trug Max Ottos Gewicht und ging auf den Ausgang des Hauses zu, das ein großes Grab war. Es war Gretel, die die Tür nach draußen öffnete, und Luft füllte Max' Lungen, in dessen Gedanken noch immer das Schauspiel von Lubyens zerschmetterter Stirn und Kuibshefs zerschmettertem Gesicht tanzte.

Er stellte jedoch fest, dass er nicht die geringste Reue verspürte. Immerhin haben diese beiden Männer den Tod verdient.

Endlich erreichten sie das Auto, das hinter einer Baumgruppe direkt an der Straße geparkt war. Gretel schlüpfte ins Fahrzeug und nahm den Vordersitz hinter dem Steuer ein.

Dort fühlte sich das Mädchen viel besser. Zumal er diesen Schrecken der Toten hinter sich gelassen hatte.

Otto wurde auf die Rücksitze geführt und Max stellte sich neben ihn.

„-Steh auf, Gretel", murmelte Max.

Die junge Frau fuhr rückwärts, bis sie einen Wendewinkel hatte. Dann bog er auf die Autobahn in Richtung Stockholm ab, deren Gebäude, dunkle, lichtdurchsetzte Massen, aus relativer Entfernung sichtbar waren.

Gretel drehte sich leicht um und fragte:

„Wohin, Max?

Max war einen Moment nachdenklich.

Eine Idee schlich sich in sein Gehirn, obwohl er sie als nutzlos abtat. Es war entmutigend zu wissen, dass sie nichts für die Schiffe tun konnten, auf deren Rümpfen die bösen explosiven "Neunaugen" steckten. Er sagte jedoch:

„Zum Hafen, Gretel.

Otto schauderte.

„Um zu portieren, Max?", fragte er schwach.

"Warum nicht?

„Wir verschwenden Zeit... Und ich verblute, Max..." Otto keuchte. Ich will leben, verstehst du? Ich mö

Diese Worte, die Anstrengung, sie auszusprechen, schienen seine Kräfte zu erschöpfen, und Otto lag, schwach atmend und mit geschlossenen Augen, auf dem Sitz.

Max biss die Zähne zusammen. Es war klar, dass die Protokolle von Ottos Leben gezählt waren.

Eine Menge Gedanken rasten durch Max' Gehirn; Vielzahl von Erinnerungen. Es schien, als hätte sein Leben ein Jahr früher begonnen; Er konnte sich nur daran erinnern, was in diesem Jahr passiert war; was seinem Leben eine tragische, unerwartete Wendung gegeben hatte.

Geistig, um sich selbst etwas aufzumuntern, dachte er, er hätte doch Glück gehabt. Otto Nr. Ni Kurbjuhn; noch andere wie sie. Er bewahrte das Leben und ...

Max fixierte Gretels Haar; dieses dunkle Braun, das wie ein Hoffnungsschimmer glänzte.

Und Gretel, ja.

In diesen Momenten wünschte Max, es wäre vorbei; Er wollte den Kampf aufgeben und eine andere Bleibe bei Gretel finden. Diese Stadt, Stockholm, würde bald seiner Anti-Nazi-Aktionsgruppe nahe kommen.

Der Wagen war bereits in die Stadt gefahren, fast wie gelähmt um diese Nachtzeit.

Einige Lichter blitzten vorbei.

„Vielleicht machen wir mit dem Auto im Hafen auf sich aufmerksam, und mehr zu dieser Zeit, Gretel", sagte Max", parkt so nah wie möglich. Da wir Otto nicht mitnehmen können, lassen wir ihn hier bis zu unserer Rückkehr,

Otto rührte sich.

„Nein... zögere nicht, Max...", murmelte er schwach.

"Kein Mann.

„Ich möchte nicht ... allein sterben ... hier, verstehst du?

Max schloss kurz die Augen.

„Niemand redet vom Sterben, Otto.

„Ich ... ich weiß sehr gut, was ich fühle. Niemand kann mir mehr etwas vormachen... Nicht einmal ich selbst", flüsterte der Deutsche.

Im Auto herrschte Stille. Max sah Gretel an und bemerkte die Anspannung, die die Frau aushielt. Was er nicht sehen konnte, waren die Tränen, die über die bleichen weiblichen Wangen liefen.

Kurz darauf bremste Gretel auf einer Straße neben dem Hafen, etwa hundert Meter entfernt.

Schweigend stieg das Mädchen aus und wartete darauf, dass Max es tat.

Gretel vermied es, ins Auto zu schauen. Ihr Blick war auf die wenigen Lichter des Hafens gerichtet, die in Nebel gehüllt waren, als hätte die vermutete Tragödie sie hypnotisiert.

„Bis jetzt, Otto", murmelte Max. Ich wünschte, ich könnte noch etwas für diese Schiffe tun .... Otto,

Ruhig sein.

Otto bewegte sich nicht. Er schien Max nicht gehört zu haben. Er schien nichts mehr von dieser Welt zu hören.

Plötzlich verstört und verschwitzt beugte sich Max vor und betrachtete die geschlossenen Augen seines Begleiters. Er senkte das Unterlid eines Auges, ohne dass Otto sich bewegte,

"Otto...

Es war ein eisiges, gedämpftes Flüstern.

„Tot ... Aber was überrascht dich, Max? "Gewundert hat sich der Deutsche." Du hast darauf gewartet und jetzt...

Er spürte einen Kloß im Hals.

Als er reagierte und an Gretel dachte, die draußen wartete, versuchte er, seine Miene zu beruhigen.

Langsam verließ er das Fahrzeug und näherte sich der jungen Frau.

„Komm schon, Gretel", murmelte er.

Sie gingen schnell und nervös in Richtung Hafen. Sie waren noch nicht "zwanzig Schritte gegangen, als gedämpft, ertrunken, die erste Explosion ertönte. Die Körper der beiden Deutschen vibrierten. Gequält beschleunigten sie ihr Tempo.

Der Zweite. Dritter.

Sie konnten bereits das Wasser springen sehen, das von einer wilden, brutalen Hand nach oben gedrückt wurde. Weitere Explosionen. Die Schreie der wenigen Leute auf den Docks wurden hörbar. Der Wecker klingelte.

Keuchend kamen Max und Gretel vor dem Hafen an und starrten erstaunt auf die monströse Szenerie. Bei einem der Schiffe war das Heck bereits fast versenkt und man merkte das Fieber seiner Besatzungsmitglieder, die in großer Verwirrung die Boote hastig absetzten.

Auf der anderen Seite der Schiffe, fast gleichzeitig mit der Explosion eines "Neunauges", das unter den Treibstofftanks platziert wurde, schoss eine schreckliche rot-schwarze Fackel in den Himmel, und das Schiff begann, schnell Wasser zu machen.

Im Hafen ertönten unterdessen Alarmsirenen, die das Ganze in etwas Halluzinatorisches verwandelten.

„Lass uns gehen, Max ... Lass uns gehen!" Gretel schluchzte fast. Wir können hier nichts machen. Nichts lässt sich mehr vermeiden.

Max, immer noch fassungslos, nickte.

"Ja ja. Lass uns gehen.

Er packte sie am Arm und zerrte sie in Richtung des Mietwagens, der an der Ecke hielt.

„Das kann ich nie vergessen, Max", flüsterte Gretel.

Max lächelte bitter. Tatsächlich gibt es Dinge, die man nie vergessen kann. Sie bleiben immer verborgen, aber lebendig, latent, in jeder Ecke des Gehirns. Er wusste sehr gut, dass es wahr war. Er wusste auch, dass Gretel viele Nächte aus dem Bett sprang, gequält von diesen Explosionen, von dieser dicken Flamme, von den Booten, die schrecklich kenterten, während unschuldige Männer ihre Rettung suchten.

Als sie das Auto erreichten, nahm Gretel wieder ihren Platz ein und Max trat an ihre Seite. Das Mädchen sah Max überrascht an. Sie fragte ihn mit ihren großen blauen Augen, die etwas neblig waren.

„Otto ist tot", flüsterte Max.

"Mein Gott...

Das war es. Es war genug. Es war eine herzzerreißende Bitte. Um den Krieg zu hassen, muss man ihn aus der Nähe erleben, nicht mit den Gestapo-Archiven mehr oder weniger nah. Das war egal. Und Gretel war nicht darauf vorbereitet zuzusehen, wie Menschen massenhaft sterben, als ob sie der Natur etwas schulden.

"Gretel ...

Max' Stimme war gedämpft, weich. Das Mädchen starrte ihn an, als würde sie ihn in diesen Momenten wieder entdecken.

„Du musst reagieren, Gretel", murmelte Max.

„Ich verstehe", flüsterte die junge Frau. Was tun wir jetzt?

Max warf einen schnellen Blick auf die Rücksitze und warf einen Blick auf Ottos Leiche. Er leckte sich die Lippen und sagte:

„Im Moment müssen wir Ottos Leiche verstecken. Niemand sollte das, was in diesem Haus passiert ist, mit den Deutschen in Verbindung bringen, verstehst du? Früher oder später werden die schwedischen Behörden sie finden und vieles verstehen, wenn sie den Tunnel entdecken. Wir lassen Sie glauben, dass hier nur russische Agenten eingegriffen haben. Jedenfalls kann man sagen, dass es fast so war. Und in jedem Fall sind sie die Täter. Wir werden daher darauf zählen, dass die schwedische Polizei ihre Überwachung verstärkt, und ich glaube nicht, dass die Russen darauf bestehen werden, Schiffe im Hafen von Stockholm zu sabotieren.

Gretel nickte.

„Okay, Max", murmelte er, als er das Auto startete und dachte, dass dies das zweite Mal in dieser Nacht war, dass er diese makabre Aufgabe erledigte.

Sekunden später verschwand das Fahrzeug von dieser Szene.

„Was machen wir als nächstes, Max? Ich habe Angst", sagte Gretel.

Max brauchte einen Moment, um zu antworten.

"Sag mir, Gretel ... Denkst du immer noch darüber nach, vorerst nicht nach Deutschland zurückzukehren?"

„Ja, Max.

"Nun ... ich habe nachgedacht und ich denke, das Beste wäre, aus Stockholm zu verschwinden", sagte der Deutsche.

Gretel sah ihn überrascht an.

"Aber hier könnten wir derzeit eine starke Anti-Nazi-Gruppe bilden, Max", sagte er.

Max lächelte leicht.

"Ich bezweifel das nicht. Aber Stockholm wird von nun an auch eine Stadt sein, in die die Gestapo zieht. Und, wo möglich, müssen wir Zusammenstöße mit der Gestapo vermeiden. Je mehr sie über unsere Organisationen im Ausland wissen, desto besser.

"Verstehen. Dann...?

„Ein guter Ort wäre sicherlich Oslo. Wir werden dort auch Arbeit haben ", antwortete Max.

Die junge Frau seufzte.

"Es wird Oslo sein", sagte er.

„Natürlich müssten wir einen Weg finden, Horst wissen zu lassen, was wir wollen", sagte Max. „ Aber darüber möchte ich im Moment nicht nachdenken. Jetzt finde ich mich ... müde.

Nach diesen Worten lehnte sich Max im Sitz zurück und ließ den Wagen rollen, geleitet von Gretels Instinkt. Wieder erkannte er, dass er Glück gehabt hatte.

Gretel warf ihm einen kurzen Blick zu, sagte aber nichts. ich war verwirrt

Seit wann liebt sie Max? Vielleicht für immer ... Aber zumindest schien es so. Deswegen. Was war der Rest wichtig? Krieg? Sie wollte nur Frieden.

Das Fahrzeug hatte die Stadt bereits hinter sich gelassen und diente wieder als Leichenwagen.

Irgendwo im Freien wäre ein guter Ort, um Ottos Leiche zu verstecken. Wenn sie es je herausgefunden hätten, hätte viel passieren können. Auf jeden Fall wäre es für die schwedische Polizei sehr schwierig, ihn zu identifizieren.

Gretel schauderte. Wirklich, diese Art, begraben zu werden, war nicht angenehm; es gab nicht einmal ein Grab. Das war fast so viel wie zu leugnen, dass der Mann jemals gelebt hatte.

Er war überrascht von Max' Stimme, da er glaubte, seine Augen seien noch geschlossen. Max hatte gesagt:

„Halt hier an, Gretel.

Das Auto kam sanft zum Stehen.

# 10

Das Auto hielt vor der Tür der Einrichtung, die sie vermietet hatte. Schnell stiegen Max und Gretel aus und gingen los. Das Detail des Autos könnte gefährlich sein, da sein Verschwinden der Polizei gemeldet und Gretel durchsucht würde.

»Heute Nacht werden wir uns trennen, Gretel«, sagte Max. Ich begleite Sie zu Ihrem Hotel und kehre in meine Wohnung zurück. Ich werde alles für ein Verschwinden vorbereiten, das keinen Verdacht erregt, verstanden?

"Jawohl.

Sie wirkten etwas lebhafter. Sie gingen sehr nah beieinander und es schien, als wäre das alles schon sehr nah.

Sie schienen nicht zu wissen, dass es bald Morgen werden würde.

Sie brauchten fünfzehn Minuten, um das diskrete Hotel zu erreichen, in dem Gretel wohnte, Max packte die junge Frau bei den Schultern und sah ihr in die Augen. Er bemerkte die Müdigkeit, die dieses Mädchen beherrschte, dessen Pupillen etwas stumpf waren und sich leicht bläuliche Ringe unter ihren Augen gebildet hatten.

„Ich warte am Nachttisch auf dich, Gretel", murmelte Max.

Die junge Frau nickte lächelnd.

„Sonst nichts, Max?" erkundigte er sich.

Max sah schlafend die Straße entlang.

Er schlang beide Arme um Gretels Taille und drückte sie sanft an sich. Gretel hatte ihr Gesicht erhoben und ihre dünnen rosa Lippen waren geöffnet.

Max küsste sie hart und fand es schade, die Frau jetzt im Stich zu lassen. Ähnliches muss Gretel gedacht haben, denn sie küsste Max lange und leidenschaftlich.

„Bis später, Max-", flüsterte er, als er sich von dem Mann löste.

Max nickte.

Er ließ die junge Frau zum Eingang des Hotels gehen. Als er außer Sicht war, machte sich Max auf den Weg zu seiner Wohnung.

Erst nachdem er sich eine Zigarette angezündet und eine dicke Rauchwolke in den Himmel geblasen hatte, erkannte er, dass es Morgen war.

Gretel ihrerseits ging langsam an der Hotelrezeption vorbei und bemerkte, dass die schläfrigen Augen des diensthabenden Concierges bei diesem Anblick munter aufwachten.

Der Idiot muss geglaubt haben, dass Gretel eine … unruhige Nacht verbracht hatte.

Stimmt, aber nicht im Sinne der Bosheit der kleinen Augen des Hausmeisters.

Jedenfalls war es Gretel egal. Sie war zu müde, zu benommen von allem, was passiert war, um diesen Mann zu bemerken.

Er nahm den Aufzug in den zweiten Stock und ging in sein Zimmer. Die Überraschung ließ sie erstarrt und unbeweglich zurück.

***

Der Nachttisch war, wie jeden Tag bei Sonnenuntergang, lebhaft. Im Allgemeinen waren es junge Leute, die nach den coolen und strategischen Orten dieses Aussichtspunkts am Meer suchten.

An diesem Nachmittag fühlte er sich sicherer, ruhiger. Die Atmosphäre der schwedischen Hauptstadt ist ruhig, friedlich und hilft den Menschen, sich wohl zu fühlen.

Max sah auf seine Armbanduhr und folgerte, dass Gretel nicht mehr lange auf sich warten lassen würde. Er verspürte ein echtes Bedürfnis, sie wiederzusehen, sie neben sich zu spüren, sie zu küssen. Gretel würde ihm durch ihre Anwesenheit signalisieren, dass alles, was in der Nacht zuvor passiert war, nichts mit einem Traum zu tun hatte.

Max hatte schon eine gute Vorstellung davon, was sie am nächsten Tag machen sollten.

Sie würden Schweden so lautlos verlassen, wie sie angekommen waren. Die Kombination war die Eisenbahn nach Mariestad, am Ufer des Sees Véner. Dort könnten sie ein paar Tage verbringen und sich unter die schwedischen Urlauber mischen. Ein guter Ort, um unbemerkt zu bleiben. Dann Oslo.

Max sah auf und versuchte, Gretels Ankunft noch einmal zu sehen. Und er sah sie.

Aus diesem Grund runzelte Max zuerst die Stirn, so dass seine Augen später einen deutlichen Ausdruck der Überraschung bekamen. Gretel Nr. Ich bin alleine angekommen.

Er ließ das Mädchen und ihre Gefährtin an seine Seite kommen und sagte:

"Ich verstehe nicht, Horst...

Der kleine Mann mit der dicken Brille lächelte.

Setz dich, Max. Und du, Gretel.

Beide jungen Männer gehorchten und Horst Anthelme setzte sich neben sie. Entspann dich, er zündete sich eine Zigarette an. Dann starrte er Max an und sagte:

„Gretel hat mir alles erklärt, was mir passiert ist, Max. Gut gemacht; Ja wirklich.

„Bist du hier, weil du mir nicht vertraut hast?" fragte Max angespannt.

„Sei nicht albern", knurrte Horst und fixierte Max mit seinen kurzsichtigen Augen. In Berlin ist einiges passiert.

"Sachen?

„Wir wurden entdeckt. Meine Organisation wurde im Handumdrehen demontiert. Max", sagte Horst. Ich denke immer noch, dass es ein Traum ist, dass ich jetzt hier bin. Ich weiß nicht einmal, wie ich der Gestapo entkommen konnte. Natürlich war es meine Pflicht, hier zu erscheinen und Sie über die Fakten zu informieren.

Max biss die Zähne zusammen,

„Wie hat die Gestapo Sie entdeckt?" erkundigte er sich.

Horst zuckte die Achseln.

„Du weißt bereits, dass sie sehr mächtig sind. Es ist schwer, sie ständig zu überlisten. Ich vermute, dass Gretels Verschwinden damit zu tun hatte. Das bedeutet auch, dass sie sie möglicherweise finden und versuchen werden, mehr herauszufinden. Verstanden?

Max und Gretel tauschten einen Blick aus. Max leckte sich dann die Lippen.

»Verstanden, Horst«, sagte er. Planen Sie einen Aufenthalt in Stockholm?

Horst lächelte leicht und schüttelte den Kopf.

„Das wäre töricht, Max", antwortete er. Ich bin schon ein alter Bekannter dieser verdammten Dinger. Auf der anderen Seite haben Sie die Aktionsarbeit in Stockholm abgeschlossen. Schade, dass es aufgrund der Ereignisse in Berlin schwierig wird, für unsere Fraktion zu propagieren.

"Ja... Schade", murmelte Max.

Horst blinzelte.

„Was ist los mit dir?" erkundigte er sich.

"Nun ..., ich dachte an Kurbjuhn und Otto. Sie sind gefallen, Horst. Ich weiß nicht ... ich habe den Eindruck, dass sie umsonst gestorben sind. Dumm und nutzlos.

Horst schwieg einen Moment.

„Ich glaube, du liegst falsch, Mas", sagte er schließlich leise- „. Niemand stirbt umsonst. Sein Opfer wird vielen Menschen die Augen öffnen; Verstehst du

"Und das? Wenn wir nur den Krieg verlieren würden ...!

Horst lächelte.

„Sei nicht absurd, Max", sagte er. Warum sollten wir den Krieg verlieren? Das entbehrt derzeit jeglicher Grundlage. Ganz Europa wird von unseren Truppen beherrscht. Sehr gut. Wir müssen versuchen, diesen Truppen von unserem Feld zu helfen. Zum Beispiel: die Beseitigung des sowjetischen Netzwerks, das schwedische

Stahllieferungen sabotiert hat. Jetzt geht es darum, den Nationalsozialismus aufzuheben. Keine Slawen mehr. Kein Mord mehr, verstehst du?

Max seufzte.

„Klar, Horst. Perfekt", knurrte er.

"Zustimmen. Wir werden nach Oslo ziehen

„Du auch?", knurrte Max.

„Stört es dich?" höhnte Horst.

„Nun ... So sehr es mich auch stört, nein. Aber ... ich hatte daran gedacht, mich ein wenig auszuruhen, murmelte der junge Mann.

Horst runzelte die Stirn. Nachdenklich blickte er aufs Meer hinaus.

„Wir brauchen dich, Max", murmelte er schließlich. Oder denkst du, der Kampf ist vorbei? Ich würde sagen, fang an, weißt du? Die Vereinigten Staaten werden mit voller Kraft starten, und wir müssen Deutschland so viel Schaden wie möglich ersparen.

„Du überzeugst mich immer, Horst" lächelte Max müde.

„Ich habe es erwartet", seufzte Horst.

"Schon. Guten Abend.

Horst war ein wenig überrascht-

"Dass...?

"Ich habe gute Nacht gesagt, Horst" lächelte Max "Wir sehen uns in Oslo. Kommt es dir schlecht vor?

Horst sah Max an und dann Gretel. Das Mädchen war leicht errötet und starrte sehr aufmerksam auf den Tisch, als würde sie in diesem Moment entdecken, dass die Tischplatte aus Marmor war.

Der Alte lachte,

"Teufel...! Es tut mir leid, Max", sagte er. Tatsächlich neigen alte Leute dazu, ziemlich schwer zu sein. Viel Glück, Max, Tschüss, Gretel,

Horst stand auf und ging lächelnd davon, gefolgt von den Blicken der beiden jungen Männer. Horst war noch nicht so alt. Er bewahrte einen guten Teil seiner körperlichen Energien und seiner großen mentalen Stärke. Der Mann, der sich der Berliner Gestapo widersetzt hatte, konnte nicht irgendjemand sein.

Es war nicht wirklich.

Als er zwischen den Alleengärten außer Sicht war, sah Max Gretel an.

„Ich hatte Angst, er würde sich zwischen uns stellen", sagte Max- „. Und nein. Ein kleines Leben muss uns gehören, Gretel. Wir haben das Recht,

Gretel lächelte. Ein attraktives Lächeln, fröhlich in diesen Momenten.

„Natürlich Max. Lass uns gehen?

Max sah sie überrascht an.

„Wohin?", fragte er.

Er folgte dem Blick von Gretel, die sich in diesen kühlen Gärten niedergelassen hatte, die von Paaren überfüllt waren; dort sprachen sie über Liebe, da wurden viele Illusionen geboren.

„Ich würde gerne in den Gärten spazieren gehen, Max", sagte er. Ich gestehe, dass es mir immer sehr dumm vorgekommen ist und ich keine Gelegenheit hatte, das Gegenteil zu überprüfen. Eigentlich gab es in meinem Leben nur sehr wenige Blumen ...

Es wurde unterbrochen. Eine plötzliche Wolke hatte seine Augen leicht getrübt.

Max hat es verstanden. Gretel gehörte auch zu denen, die sich geopfert hatten. Aber das musste vergessen werden. Immerhin war es für etwas gewesen ... Genau: für etwas:

Er erinnerte sich an Horsts Worte: "Niemand stirbt umsonst." So war es. Niemand stirbt für irgendetwas und niemand opfert für irgendetwas. Der Satz könnte mit vielen Leuten verwendet werden. Er hatte Sonia noch nicht vergessen, diese drei Russen, die gekämpft hatten ...

„Komm schon, Gretel", sagte er und unterbrach plötzlich ihre Gedanken. Das Leben musste auch ein bisschen von ihnen sein.

Sie verließen den Nachttisch und gingen die Allee hinunter in Richtung der Gärten, als es nachts fast dunkel war.

Es atmete gut. In dieser Nacht würde Vollmond sein.

Sie gingen einige Minuten schweigend.

Als nächstes wählte Gretel eine gut platzierte Holzbank in der Ecke.

„Setzen wir uns, Max. Ich liebe dich, wie leicht man in Bezug auf andere Fehler machen kann. Es ist wunderbar, sagen zu können: Ich liebe dich.

Max spürte eine starke Hitze in seiner Brust.

Gretel sah mit dem neuen Licht in ihren Pupillen sogar jünger aus.

Zur Hölle mit allem! Der Krieg, Oslo, die Gestapo, die russischen Spione ... Das Leben wird zwar in Schlucken genossen, und es ist die größte Dummheit der Welt, keinen dieser wenigen Schlucke auszunutzen, aber das kann ein Leben füllen .

„Wunderbar» Gretel", flüsterte Max.

Sie waren allein auf der Bank in diesem engen Garten. Max konnte nicht länger warten. Ich brauchte Gretel, ich brauchte ihren Kuss", ich brauchte diesen Schluck Glück.

Gierig legte er beide Arme um sie - und sah ihr strahlend in die Augen. Er erkannte sie;

Auf mysteriöse Weise, fast ohne den Willen beider einzugreifen, verbanden sich ihre Lippen lang, fast unbehaglich.

Der nächste Schluck, den das Leben bieten würde, könnte bitter sein,

# ENDE

www.ingramcontent.com/pod-product-compliance
Lightning Source LLC
Chambersburg PA
CBHW031124160726
47989CB00016B/1093